KB262719

百寺百景

백사백경

박희진 시집

불광출판부

토함산 석굴암 일출(한지에 수묵담채 189×129Cm, 1997) 李鎬信 그림

석굴암 대불(石窟庵 大佛)

님을 저만치 우러러뵙자마자 그냥 선 채로
탈혼(脫魂)이 안 된다면, 한국인이 아니리라.
어느덧 공손히 두 손이 모아지고
정례(頂禮)를 올리고 싶어지지 않는다면,

불자(佛子)가 아니리라, 오오 모든 존재의 근원이여.
궁극의 인간이여. 시공 속에 계시면서
시공을 초월한 님의 침묵에서
대사자후를 듣지 못한다면, 시인이 아니리라.

누가 님을 감히 돌로 만든 것이라 하랴.
어떠한 꽃도 님만큼은 아름답지 못하거늘.
어떠한 보석도 님만큼은 눈부시지 못하거늘.

님은 우리에게 무량의 광명이요,
힘이자 긍지이고, 꿈이자 희망임을
우리는 믿나이다. 굳게 믿나이다.

百寺百景
백사백경

박희진 지음

시집 백사백경(百寺百景)에 대하여

1. 나와 사찰시(寺刹詩)

이 책에 수록된 247편의 사찰시 중 가장 오래된 것은 1966년 1월 19일자의 「겨울 해인사운(海印寺韻)」이다. 그리고 가장 최근의 것은 1999년 3월 8일자의 「다시 가본 백담사(百潭寺)」다. '60년대에서 '70년대까지는 법주사, 해인사, 낙산사 등이 내가 찾아갔던 고찰의 전부이나 '80년대부터는 서서히 늘어난다. 그러다가 절정에 다다른 시기가 1994년(내 나이 64세)에서 97년(67세)에 이르는 4년간인 것이다. 이 시기에 쓴 사찰시가 무려 200편이나 된다. 스스로 생각해도 놀라운 숫자다. 도대체 무엇이 나로 하여금 그렇듯 사찰에 열중하게 한 것일까.

2. 불교문화의 현주소

오늘날 한국에는 각양각색의 다양한 문화들이 혼재해 있다. 그 중 대표적인 전통문화의 하나는 아무래도 불교문화일 것이다. 불교가 이 땅에 전래된 이래 근 2000년의 풍상을 겪는 동안 많은 우여곡절이 있었지만, 토착화된 한국불교로서의 당당한 위상은 이제 너무도 확고부동하다.

한국의 전통문화, 그 주종을 이루고 있는 것이 불교문화라면 그 실상을 어디에 가야 확인할 수 있겠는가? 대답은 자명하다. 사찰에 가보라. 그것도 유서깊은 명산고찰을 찾아가 볼 일이다. 고찰이야말로 이 땅의 전통문화, 살아서 숨쉬는 불교문화의 현주소인 것이다.

3. 왜 불교문화에 관심을 갖는가

한국의 역사와 전통문화에 대한 적극적 관심은 바로 나 자신의 정체성을 탐구하기 위해서다. 나는 누구인가? 내가 한국시인일진대 나는 어떤 뜻을 세워야 하며 어떻게 공부해야 자신의 능력을 극한까지 신장시켜 성숙에의 길을 도모할 수 있겠는가? 이때 내게 하나의 계시처럼 다가온 것이 불교였다. 나는 불교사상에 심취했고, '시의 보살'이 되기를 염원했다. 역사상에 나타난 가장 숭고하고 위대하고 완벽한 인간이 있다면 바로 석가모니일 것이라 생각했다.

하지만 나는 승려가 되는 길을 택하지는 않았다. 나는 어디까지나 자유로운 시인으로 시종일관함이 자신의 운명이라 확신했기 때문이다. 내게도 종교적 심성은 강하다. 그러나 보다 더 투철히 자리잡고 있는 것이 있으니, 그것은 심미적(審美的) 열정인 것이다. 나의 이러한 불교적 심성과 시인으로서의 심미적 열정이 이 책을 낳은 동기일 것이다.

4. 불교문화재의 보고(寶庫) · 예술미의 극치

　주지의 사실이듯 한국의 전통문화재의 대부분은 불교문화재다. 범종, 탑비, 불보살상, 석등, 경판, 탱화, 사리구, 목공예품, 고승진영, 사원건축 등 불교미술 전반에 있어서 국보와 보물로 지정된 것이 많다. 유형(有形)문화재와 문화재자료로 지정된 것까지 합친다면 엄청난 숫자다. 사찰은 정히 불교문화재의 보고인 것이다.

　그 중 석굴암과 불국사, 고려팔만대장경판 등은 유네스코에 의해 세계문화유산으로 지정된 바 있거니와, 그런 국제적 평가를 기다리지 않더라도 우리는 이미 몇몇 불교문화재의 걸출한 우수성은 비교를 절하는 것이라 알고 있다. 그것은 비단 한국예술미의 극치일 뿐 아니라 범세계적 미의 수준을 과시하는 것이라 믿고 있다. 예컨대 저 금동미륵보살반가사유상 또는 서산의 마애삼존불상이 지니고 있는 미소의 아름다움, 또는 고려불화의 우아한 색조와 유려한 선미(線美), 섬세한 정치(精緻)함을 떠올려 보라. 또는 저 영주 봉황산에 안긴 부석사(浮石寺)엘 가보라. 이 나라의 전형적 고찰로서의 그윽한 운치를 처음 그대로 간직하고 있는, 그 전모를 음미하듯 살펴보라. 영혼이 씻기우는 황홀한 희열. 미(美)의 극치를 느끼지 않을 사람이 있겠는가.

흔히 미란 초절적(超絶的)인 것이라 말하는 이가 있다. 너무도 완벽하고 너무도 숭고하여 무상하고 취약한 인간으로서는 접근 불허의 괴리감을 깨닫게 된다는 뜻이겠다. 그것은 차라리 전율에 가까운 감동인 것이다. 그래서 〈미란 두려운 것이다〉 또는 〈사람을 절망케 하는 것〉이라고도 한다.

하지만 우리 한국예술미의 경우는 약간 사정이 다르다. 미는 미로되, 초절적인 느낌의 것이 아니라 대지(大地)에 가까운, 자연친화적 정감을 자아낸다. 어디까지나 자연스러움이 미의 한 기준으로 되어 있다. 게다가 그 걸작을 만들어낸 무명장인(無名匠人)의 소박한 인간미가 은연중 배후에서 풍겨나오고 있다고 본다. 이러한 예술미는 그것을 보는 이의 마음을 느긋하게 부드럽게 해준다. 하여 이 땅에 태어난 보람과 기쁨을 한결 북돋아 준다.

5. 왜 고찰은 명산에 있는가

고찰 탐방이 거듭될수록 더욱 곰곰 생각하게 되는 화두(話頭) — 왜 한국고찰은 명산에 있는가? 왜 고찰 앞엔 으레 명산의 이름이 붙는가? 조계산(曹溪山) 송광사(松廣寺), 지리산(智異山) 화엄사(華嚴寺), 속리산(俗離山) 법주사(法住寺) 등.

자고로 한국인은 특별히 산악을 신성시 해 왔다. 산에는 산신령이 깃들어 있음을 굳게 믿었기에 산신제를 올려 왔다. 어찌 산뿐이랴. 바위와 나무와 바다에도 신은 있다고 믿어 왔다.

여기서 잠깐 한국인의 자연관을 — 이것은 나 개인의 생각이다 — 소략하게나마 언급해 보려 한다.

①자연에는 신령(神靈)이 깃들어 있다. 신앙과 기복의 대상이 되는 까닭.

②따라서 자연의 귀물들은 오랜 생명을 누리는 것이다. 십장생(十長生) —해·구름·바위·물·학·사슴·거북·대나무·소나무·불로초 — 사상을 떠올려 보라.

③자연과 인간은 둘이 아니다. 인간 또한 오랜 생명을 누릴 수 있는 영물(靈物)임에 틀림없다. 그것도 만물의 영장(靈長)이라 뽐낼 만큼 각별한 존재다. 그러면서도 분심(分心)이 되기 쉬운 인간만은 번뇌망상 덩어리인 것이다. 하지만 부단한 극복과 정화(淨化)의 수행을 거쳐 진인(眞人)이 될 진대, 인간은 비로소 천·지·인(天·地·人) 삼재(三才) 소리를 들을 만한 자격이 될 줄 안다.

이 나라 고유의 원종교(原宗敎)랄까 현묘(玄妙)한 도(道)라는 풍류도(風流道) 사상은 바로 이러한 자연관에서 유래된 것이리라. 그러면 그 풍류도란 무엇인가? 나는 그것을 아주 간단하게 이렇게 정의한다. 천·지·

인 삼재의 균형과 조화, 그것이 풍류도다. 천·지는 한 마디로 자연인 것이다. 천·지와 맞먹는 인은 그러나 그 개념 속에 인간의 소산인 문명 문화까지 포함을 시켜 문명이라 해두자. 그러면 풍류도란 '자연과 문명의 균형과 조화' 라는 뜻으로도 해석된다.

국토의 대부분이 산악지대인 한국에 있어서 자연의 진수는 명산이라 할 수 있다. 그리고 사찰은 당대 문명의 정화(精華)인 것이다. 명산의 품에 사찰이 안긴다면 최선의 궁합이다. 지고지선(至高至善)의 부처님 모실 사찰을 짓는데 명산의 품보다도 더 좋은 명당자리가 있겠는가. 자연과 문명의 균형과 조화라는 풍류도의 이념이 가장 훌륭하게 구현된 경우가 한국의 명산고찰이라 할 것이다.

그리하여 나는 사찰에 갈 때마다 주변의 산세를 유심히 살피는 게 버릇이 되었다. 좋은 사찰, 운치있는 고찰일수록 주변의 산세와 어김없이 절묘한 균형과 조화의 미를 얻고 있다.

왜 명산고찰을 찾아가면 더없이 심신이 쇄락해지는 걸까. 우선 산 좋고 물 좋기 때문이다. 쾌청의 날씨일 땐 하늘빛도 좋거니와 공기가 감로(甘露) 같다. 그리고 그 고요! 니르바나의 고요. 이미 일체의 분심잡념(分心雜念)은 까마득하게 사라지고 없음이여. 그저 무심(無心)의 정복(淨福)을 누릴 따름. 그러다가도 문득 들려오는 새 소리, 바람 소리, 스님의 염송 소리, 목탁 소리, 범종 소리…… 침묵에서 나와 다시 침묵으로 어느덧 사

라지는 무성(無性)의 소리. 자연 자체가 본래 사원(寺院)이요, 그 안엔 도
처에 보이지 않는 비로자나 부처님이 숨쉬고 계신데, 현실의 법당 안엔
가시화(可視化)된 부처님이 금빛 자비광명 뿜고 계시구나.

6. 몇 마디 사사(謝辭)

시집 「백사백경(百寺百景)」의 상재에 즈음하여 몇 마디 사사를 적어야
겠다. 그동안 나의 사찰 탐방을 가능케 해주었던 많은 친지들께 나는 진
심으로 엎드려 절한다. 여기서 일일이 그분들의 성함을 밝히지 않음을 용
서하시라. 그분들의 정성어린 도움이 없었다면 나는 정말 꼼짝달싹도 못
했을 것이다. 그리고 이처럼 어려운 시기에 출판을 맡아 수고해 주신 불
광 편집부 여러분에게도 사의를 표한다.

1999년 봄에 好日堂에서

水然 朴喜璉

목 차

경기

경북

전남

제주

서울

일선사(一禪寺)의 낮과 밤

낮
구름에 솟은 수려한 보현봉(普賢峰),
온 서울 바닥이 한눈에 굽어뵈는,
그 높이에 일선사는 있어라,
비구니들만 오손도손 모여 사는.

한여름 한낮에 이곳에 이르자면
누구나 땀을 한 샤발은 흘리지.
그래도 감로정의 감로를 마시면
오장육부가 일시에 씻기운다.

우리 주지스님, 정덕(正德) 비구니는
오욕의 수렁, 서울의 늪 속에서
구름 위에 피어난 한송이 연꽃인가,

아니면 천녀(天女)로세, 백옥의 손길로
반야차를 달여 주는. 자네도 당대의
천녀를 보려거든, 일선사에 오게나.

밤

밤이 깊어지니,
낮에는 거수(巨獸)의 토사물 같던
장안이 어느새 휘황찬란한 보석밭으로
둔갑해 있었다.

문 열면 달이 뵈는
약사전(藥師殿) 곁방에서 두 다리를 뻗었으나
잠이 오지 않는다,
반야차를 지나치게 마셨던 모양.

발치 아래 보석밭엔 아랑곳없이,
눈 감은 채 하룻밤을 고운 비단실처럼
깨어서 새웠건만,

아, 거뜬해라, 피로를 모르겠네.
아침의 금빛 햇살을 받으면서
감로정으로 세수를 하러 간다.

1983. 8. 21

탑골공원, 원각사지(圓覺寺址) 내력

원각사의 원래 이름은 흥복사(興福寺)임.
세조(世祖) 10년에 중창되더니 원각사(圓覺寺)로 바뀜.
연산군 때엔 유락장으로 전락되었다가
광해군 때엔 아예 폐사의 비운을 맞음.

화재를 만나 아깝게 회진됨.
남아있는 것이라곤 십층석탑과 원각사비 뿐.
드디어 이곳은 1897년,
이 나라 최초의 공원으로 탈바꿈함.

서울의 한복판, 종로 2가 대로변의
탑골공원을 모르는 이 있겠는가?
1919년 3월 1일엔 이곳이 독립만세

진원지였음을 모르는 이 있겠는가?
오늘날 이곳은 시민들의 휴식처.
하지만 이곳이 원각사지였음을 아는 이는 드물음.

1994. 6. 26

원각사지 십층석탑(圓覺寺址 十層石塔)

내가 어쩌다가 탑골공원에 들르는 것은
너, 십층석탑에 이끌리는 까닭일세.
너는 도시 무슨 마력을 지녔는가?
지기(地氣)와 천기(天氣)와 인기(人氣)를 하나로 꿰뚫은 장엄이여.

참으로 완벽하고 완미(完美)한 형태와 구조를 지녔기에,
너의 안팎엔 불보살과 천인(天人)들이 삼매에 들었기에,
너는 끝내 도괴된다거나,
그 무엇으로도 오염될 순 없는 것.

비록 오랜 동안 어느 무지막지한 폭력에 의해
너의 윗부분 3층이 지상에 놓인 적은 있었건만,
다시 원상을 감쪽같이 회복한 지 오래여라.

오오 탑이여, 사바 속의 불국토여,
원각(圓覺)의 상징이여, 내가 너를 본다는 것은
바로 내 영혼의 구조를 확인하기 위해서라네.

1994. 6. 27

승가사(僧伽寺)

북한산 주봉들의 영기(靈氣)의 한가닥이
승가봉 서남쪽 중턱에 자리잡은
승가사에 이르러선 비경을 이루었네.
저것 봐, 제일봉, 또는 옥쇄봉,

또는 삼인봉(三印峯)이라 일컫는 암봉을,
또한 그 옆의 거대한 암벽에는
마애석가여래좌상이 있어, 멀리 홍진
장안을 굽어보네. 남산탑에 송신하네.

약사전 안의 승가대사상을 배알한 뒤
영천(靈泉)의 약수 한 사발을 마셨더니,
몸이 두둥실 공중에 뜨는구나.

귀로엔 다시 한번, 새로 조성된 놀라운 위업,
'민족 통일 기원 대보탑' 을 살펴보네.
정히 새로운 민족문화 창조로세.

1994. 5. 6

조계사(曹溪寺)

서울 시내 한복판 수송동에 있는 절,
하면 누구나 조계사 떠올리고
조계사 하면 그 웅장한 대웅전 떠올린다.
아울러 백송(白松)과 회화나무 거목(巨木)도.

대웅전에 들어가서 오랫만에 예불하고
좌정해 있노라니, 어럽쇼 불단에
비둘기 서너 마리. 구구구 주둥이를
백합화에 쑤셔넣고 좋아라 하고 있네.

마당 가득 메운 건 고급 승용차들,
하여 비둘기들이 몸 둘 곳 잃어
대웅전 안까지 넘나들고 있는 걸까.

오백년 묵은 희한한 백송(白松)이여,
팔백년 묵은 회화나무 거목(巨木)이여,
조계사 상징이여, 건재하라, 건재하라.

1995. 6. 24

낙산 청룡사(駱山 靑龍寺)

역사의 뒤안길을 은밀히 감내해 온
비구니만의 한(恨) 많은 고찰, 청룡사에 가보시라.
공민왕(恭愍王)의 비, 혜비(惠妃)가 이곳에서
머리를 깎았고, 이태조(李太祖)의 막내딸

경순(慶順) 공주도 이곳에서 스님 되다.
단종왕(端宗王)의 비, 정순(定順)왕후는 17세에서 82세까지
이곳에서 수도하다 세상 떠났거니.
이곳이 한때 정업원(淨業院)으로 불리운 까닭.

영조(英祖)대왕 친필인 '淨業院舊基'의
비석과 비각을 눈여겨 보시도록. 귀양 가는
단종과의 마지막 이별 때 흘렸던 왕비 눈물

아직도 마르지 않았음인지, 곁의 노송(老松) 한 그루
초연히 젖어 있다. 모든 가지를
아래로 아래로만 축 늘어뜨린 채.

1994. 5. 17

삼각산 흥천사(三角山 興天寺)

이태조(李太祖) 5년, 왕실의 발원으로 세워진 대찰이
한번의 회진(灰塵)과 세 번의 이건(移建)으로
규모는 줄었으나, 용케 600년 풍상을 겪었구나.
고청(古靑)빛 일주문의 편액이 말해주듯

예전에 흥천사는 분명 삼각산 한자락에 있었건만,
지금은 사방이 온통 잿빛의 빌딩 숲이구나.
이 사바세계, 도시의 늪 속에서
피어난 연꽃으로, 길이 흥천사는 남거라, 남거라.

극락보전의 아미타불 왼편에는
42수(手)의 관세음보살상이 삼천대천세계(三千大千世界)에 두루
금빛 자비광명 뿜고 계심이여.

온갖 공해에 찌들은 대도시
한복판에 산다해서 비관만 하지 말고,
시민들께선 더러 가까운 흥천사라도 가봄이 어떨까.

1994. 5. 31

경국사(慶國寺)

경국사는 아직도 삼각산 한자락의
울창한 녹음을 잃지 않았으니,
기쁘고 고마워라. 뛰어난 화승(畵僧)이자 선지식이었던
보경(寶鏡) 화상은 거의 평생을 이곳에서 바쳤거니.

이어서 지관(智冠) 선사 정성을 다해
알뜰히 가꾸매 가람의 향기가
구석구석에서 풍기고 있음이여.
극락보전의 아미타삼존과 목각탱화도

인상적이었지만, 명부전에 들어서니
지장보살의 녹색 머금은 금빛 자비광명
나의 미간에 구멍을 뚫는구나.

추사(秋史)와 해강(海岡)의 명필 현판들,
또한 초대 대통령 이승만의 '慶國寺'
현판도 눈에 띈다. 경국사여 건재하라.

1994. 7. 3

봉국사(奉國寺)

삼각산 봉국사의 일주문 지나자
특이한 2층 건물이 나타나다.
아래는 천왕문(天王門) 위는 일음루(一音樓).
임오군란 때 회진된 사찰을

오랜 세월 두고 서서히 알뜰히
중건 확장하다. 면목을 일신하다.
봉국사(奉國寺)란 뒤에 고쳐진 이름이고, 무학(無學) 창건의
이 절은 본래 약사사(藥師寺)이었거니.

만월보전(滿月寶殿)의 약사여래 뵈었을 때
나는 내 지병이 나을 것 같은 확신을 얻다.
사철 콸콸 솟는 이곳의 약수,

그것부터 약사여래 영험이 아니랴.
식수오염에 시달리는 시민들,
그들에게 약수는 더없는 감로(甘露)이리.

1994. 6. 14

보문사(普門寺)

대한불교 보문종(普門宗)은 세계유일의 비구니 종단일세.
그 총본산인 보문사엘 가봤는가.
고려 예종 10년 담진국사 창건 이래
비구니 사찰로 면면히 이어온 곳.

8 · 15 광복 후의 줄기찬 신장으로
오늘날엔 당당한 대가람 되었나니,
드높은 곳의 석굴암 더불어
8각9층 진신사리 석탑이 압권일세.

초파일 앞두고 선불장(選佛場) 앞마당엔
줄줄이 달린 오색 등(燈)들이 하늘을 가리웠네.
이제 머지않아 점등이 되면 꽃불 바다 되리.

비구니들의 은근과 끈기,
비구니들의 정성과 사랑으로 역사는 이어지고,
세상의 음지는 조금이나마 양지로 바뀌리라.

1994. 5. 13

화계사(華溪寺)

나는 요즘 화계사엘 자주 간다.
사백 년 묵은 느티나무 세 그루가
그 잎 떨군 자태를 하늘 가득 펼친 게 보고 싶어,
또한 학서루(鶴棲樓)에 학은 이미 안 살지만,

그 앞뜰에 맨발로 서 계신
지장보살께선 여전히 미소를
머금고 계신지, 올 겨울은 몹시 추울 거라는데
아무쪼록 동상에 걸리시진 말았으면.

종각 안의 범종은 볼 때마다
그 고청(古靑)빛 무르익어 가는 걸 알 수 있다.
댕그렁, 즈믄 해의 고요 깨는 풍경 소리.

삼각산 오묘한 골짜기를 아슬아슬 흘러온 물이
어쩌면 그렇게 맑을 수가 없다. 무심히
손 담그면 그냥 그대로 옥(玉)이 될지 몰라.

1986. 11. 17

삼각산 도선사(三角山 道詵寺)

만경대(萬景臺) 동쪽 그윽한 품에
처음 도선(道詵) 국사가 터 잡은 이 절,
당시 그는 이미 즈믄 해 뒤의 오늘의 융성을
환히 꿰뚫어 보았던 것이리라。

그는 신통력으로 거암(巨岩)을 둘로 갈랐거니와
거기에 새긴 마애불 참배하러
수많은 불자들이 운집할 일까지도
내다 보았으리。 또한 청담(靑潭) 대사의

호국불교사상까지。 참 명부전 오른쪽 벽면엔
박생광(朴生光)의 청담대사상이 있다。 활짝 편 날개가
욕계육천(欲界六天)을 덮고 있는, 큰 공작(孔雀) 등의

연화대 위에 가부좌한 대사는
침묵의 사자후로 천상천하를 진동케 하고 있다。
곁에선 악기 타며 두 천녀(天女)가 날고 있다。

1994. 6. 3

도봉산 원통사(道峰山 圓通寺)

원통사를 굽어보는 제일 높은 자리엔
관음암(觀音岩)이 솟아 있네. 이어서 수호신장들인 양
원통사 에워싸고 사방에 용립한
백팔 바위 보소. 호랑이 바위, 코끼리 바위,

학 바위, 거북 바위, 독수리 바위…… 온갖 날짐승,
들짐승 바위들이 관음암 따라
하늘 보고 솟아 있네. 때문에 누구나 이곳에 오면
땀이 가시고, 기분이 좋아지고, 마음이 놓인다네.

누구나 지닌 가슴 속 일원상(一圓相)이
그대로 우주적 넓이를 얻게 되어
절로 원통(圓通)의 경지에 든다네.

이곳을 다녀가는 사람들 보소.
신중하고, 관대하고, 그리고 온몸에서
어떤 해맑은 광채(光彩)가 나는 것을.

1994. 2. 9

천축사(天竺寺)

도봉산 올라가서 천축사에 닿거든
하늘을 우러러라。지붕 위로 솟아 있는
만장봉 위용(偉容)에 큰 눈이 떠지리라。
와, 와, 탄성이 입 밖에 나오리라。

절 동북쪽엔 하얀 3층 석조건물,
그곳이 유명한 참선도량 무문관(無門關)。
한 번 들어가면 6년을 못 나온다。
공양도 작은 창구 통해 제공된다。

그 엄격무비의 면벽수행(面壁修行) 6년을
마치고 나온 이 중 한 분이 원공(圓空) 스님。
지금도 여전히 두문관에 계시면서

요즘은 이 산 저 산 도라지를 심으신다。
때로는 깊은 선정(禪定) 삼매에 들기도 하고,
때로는 연탄을 지게로 거뜬히 나르시기도。

1995. 6. 23

진관사(津寬寺)

비봉(碑峰) 서북쪽 골짜기에 들어가면
송림(松林)이 울창한데, 그 속에 천년 고찰,
진관사가 놓여있다. 입구엔 두 그루
느티나무 거목이 녹음을 드리우다。

홍제루(弘濟樓) 지나니 저만치 대웅전의
청기와 지붕이 벽공 아래 빛나누나。
잘 가꾸어진 정원이 훌륭하다。
대찰은 아니지만 알맞은 당우(堂宇) 배치。

돌계단 양쪽의 불두화(佛頭花)나무에는
주렁주렁 달려있는 탐스런 불두화들,
벽공엔 낮달이 흰 미소를 머금고 있다。

동정각(動靜閣) 안의 범종도 지금은 입정(入定) 중인 모양。
미상불 이곳은 비구니 사찰답군
모든 게 아담하고 깨끗하고 조용한 게。

1994. 5. 19

삼천사(三千寺)

용이 솟구쳐 오르는 모습, 용출봉(龍出峯) 아래,
차고 맑은 물이 철철 흐르는 곳,
가파른 계곡가에 삼천사는 있어라.
소나무, 참나무 등 숲은 우거져서

절터는 좁지만, 더없이 양명(陽明)하이.
내 건너 크나큰 수직의 암벽에는
원효(元曉) 창사설(創寺說)을 뒷받침하듯
마애석가여래입상이 계시네.

오, 그 자애롭고 온화한 상호.
자연스레 흘러내린 우아한 옷주름,
즈믄 해를 그렇게 한결같은 모습으로

부처님은 계시나니, 지혜와 자비,
평화의 부처님 정신을 설하시네.
말없는 말씀으로, 세계(世界)는 일화(一花)라고.

1994. 5. 19

안산 봉원사(鞍山 奉元寺)

서울의 서쪽 안산 기슭에 포근히 안겨 있다
대가람 봉원사는. 초입엔 고찰답게
수백년 묵은 느티나무 서너 그루 녹음을 이루다.
옳아, 저것이 얼마전 중창된 대웅전이로군.

그 단청(丹靑)이 유난히 훌륭하다. 처음엔 은은하나
볼수록 정치하고, 오묘하고, 아름다운 광채를 뿜는다.
올해 85세의 명장(名匠) 이만봉(李萬奉) 스님의 솜씨란다.
그분이 인간문화재로 지정된 이유를 알만하이.

그분은 좀 작은 몸매지만, 음성은 깐깐하고,
홍겹고, 힘차구나. 내가 화가라면, 기름한 두상에
오뚝한 콧날이며 일어선 눈썹을 그림에 담고 싶다.

명부전 안의 지장보살상과 시왕상 상호들도
그렇게 인상적일 수가 없다. 무명 장인(匠人)들의
솜씨는 선양되어, 길이 찬송되어야 하리.

1994. 5. 8

수도산 봉은사(修道山 奉恩寺)

그 옛날 봉은사는 선종수찰(禪宗首刹)로 이름을 드날렸다.
저 서산(西山)도 이 절의 승과(僧科) 시험을 치뤄
장원급제하였다네. 그것은 바로 희대의 걸승(傑僧),
보우(普雨)가 한몸으로 불교탄압을 막았던 공덕.

오늘날 살아남은 봉은사는 어떠한가.
대(大) 서울 강남의 포교제일도량……
하지만 푸르렀던 임야(林野)는 깎여,
주변은 삭막한 빌딩 숲이구나.

다만 아직도 바뀌지 않은 것은
완당(阮堂) 친필의 '大雄殿' 편액과
그가 죽기 사흘 전, 71세의 병중작(病中作)이었던

'板殿'의 편액. 오오, 그것은 글씨가 아니었다.
아직도 살아있는 완당의 정신, 완당의 혼백,
그것이 오히려 이쪽을 응시하고 있는 것이었다.

1994. 5. 23

수락산 학림사(水落山 鶴林寺)

수락산 남록 중턱에 있는 절,
학이 알을 품은 형국이라 하여
학림사란다. 대웅전 앞에 서면
바로 건너편이 오롯한 불암산.

그런데 나는 뜰 아래 나한전
그 지붕 위로 그늘을 드리운 노송이 너무 좋다.
땅에서 1미터쯤 솟아난 둥치에서
엄청 굵은 가지들이

다섯 개나 이리저리 옆으로 뻗다가
위로 솟아, 상록의 칠칠한 솔잎들을 달았구나.
분명 한 오백년 살았을 노송······

그 아래 무심한 바위에 좌정하여
나는 생각한다 천년 뒤 이 자리엔
또 어떤 시인이 찾아와서 노송을 찬미할지.

1994. 6. 9

관악산 성주암(冠岳山 聖住庵)

관악산 와 보니, 깊고, 넓고, 그윽한 맛이 좋다.
여기 저기 기암괴석,
골짜기엔 맑은 냇물이 흐르고
소나무와 참나무들 무성해 있는 것이,

역시 명산임을 알 만하여라.
원효 성사(元曉 聖師)의 성주암 창건설을 뒷받침하는
유적은 없었으나, 대웅전 바로 위로
치솟은 거암은 천주석(天柱石)이라네.

천주석에서의 전망은 장관이다.
이리저리 뻗어나간 관악산 산세와
발치엔 서울대학 전경이 한 눈에.

하지만 내게 탈혼(脫魂)의 황홀을 안겨 준 것은
대웅전 앞뜰 퇴락해가는 흙벽집 한 칸,
옛날 성주암은 바로 그 자리에 있었던 게 아닐까.

1995. 4. 4

경기

도봉산 망월사(道峰山 望月寺)

도봉산 북부 중턱, 이름난 고찰이자
참선도량인 망월사(望月寺)에 오르다. 근자에 당우가
크게 중창되어 면목을 일신하다.
'望月寺' 현판만은 원세개(袁世凱)의 글씨 그대로지만.

월조문(月釣門) 지나 드높은 곳의 영산전(靈山殿) 가보아라.
저만치 수락산(水落山)과 불암산(佛巖山)이 보이는데
그 너머론 멀리 아득한 서라벌
월성(月城)까지 보일 듯. 미상불 달 밝을 때

이곳에서의 전망은 끝내주리. 마치 거울을
들여다보듯, 시방삼세(十方三世)가 환히 드러나리.
인연따라 생멸(生滅)하는 온갖 희비극이.

하지만 보라, 의구한 것은 도봉산 산세.
병풍처럼 둘러쳐진 기암괴석의
암봉(岩峰)들과 소나무들, 늘 푸른 소나무들.

1995. 2. 24

도봉산 회룡사(道峰山 回龍寺)

도봉산의 막내동생 사패산(賜牌山)이 굽어보는
그윽한 터에 회룡사는 아담하다.
유물이라고는 대웅전 앞의 대파된 고탑(古塔)을
말끔히 손질, 5층석탑으로 거듭나게 한 것뿐.

그 옛날 이곳에 이태조와 무학(無學) 대사
남겼던 흔적들이 오랜 풍우상설에 씻겨
큰 바위 계곡의 옥수(玉水)보다 투명하다.
하늘을 떠다니는 구름보다 무심하다.

노천(露天)에 조성된 관세음보살입상을 우러르며
나는 생각한다 머잖아 이곳은
새로운 관음기도 도량이 될 것임을.

요사채 옆의 홍장미와 목백일홍
곱게 피어있는 뜰을 살피는데
비구니 한 분 해맑은 가을을 밟고 지나간다.

1996. 9. 19

수락산 흥국사(水落山 興國寺)

수락산 남단 동록 품에 안긴 절,
멀리선 도무지 안 보이고
가까이 가서야 흥국사(興國寺) 대방이 시야를 메우네
대원군 친필 현판이 걸려 있는.

대웅보전(大雄寶殿)의 목조 삼존불좌상이 놀랍다.
용모가 모두 단아 정중한데 은은한 미소를
머금고 있네. 게다가 그 목조 투각 광배(光背)라니!
연꽃과 당초와 모란꽃이 어우러진

그 속엔 작은 화불(化佛)좌상 3구가
정교하게 새겨져 있구나. 둘레엔 활활
꺼지지 않는 불꽃이 춤을 추고.

육각의 전각, 만월보전(滿月寶殿)의 특이함이라든지
훌륭한 탱화들. 미상불 흥국사는
아주 알뜰한 보배절의 느낌일세.

1994. 11. 14

수락산 내원암(水落山 內院庵) 석조 미륵입상

수락산 제일의 승지에 자리잡은
내원암 뒷산에 저만치 기묘한 거암이 보이네.
마치 그 옛날 수락산 산신령인
늙은 백호(白虎)가 오른 발 발톱으로

매섭게 할퀸 듯한, 이곳은 나의 영역이노라는
징표를 남긴 듯한 거암이 보이는데,
바로 그 아래 신라 때 미륵석불이 서 있네.
미륵의 시선이 가닿는 곳엔 자색의 불암산(佛巖山)이.

오랜 풍우상설로 일견 많이 수척한 모습이나
아직은 뚜렷한 옷주름과 이목구비.
광배(光背)와 불신(佛身)이 하나의 돌에 새겨져 있음이여.

여기 저기 미륵불 뵐 때마다 생각나는 것은
이 나라 백성들의 미래지향성(未來志向性),
대체로 현세적 낙천적 기질을 지녔으면서도.

1995. 10. 28

불암산 불암사(佛巖山 佛巖寺)

도처에 바위와 소나무들이 절묘한 조화 이룬
불암산 중턱에 불암사는 있어라.
명필 한석봉(韓石峯)의 大雄殿 편액이
금빛 광명을 뿜고 있음이여.

절 뒤 크나큰 암벽에 양각된 마애삼존불,
문수 보현 양보살의 수려하고도 자애로운 자태와
석존의 더없이 온화한 표정은
참배자 가슴에 수희공덕심(隨喜功德心)을 샘솟게 하네.

그 옛날 처음 학생들 소풍 따라
이곳에 왔을 때완 많이도 달라졌다.
우선 나부터 검은 머린 파뿌리로,

가벼웠던 발걸음은 요통(腰痛)에 쉬엄쉬엄
걸어야 하는 굼벵이 걸음으로 바뀌고 말았으니,
안 바뀐 것은 부처님 가르침뿐.

1994. 2. 21

운악산 봉선사(雲嶽山 奉先寺)

봉선사 주건물엔 '大雄殿' 아닌
'큰법당'의 현판이 눈에 띈다.
내부 벽면엔 한글 화엄경 동판 225개와
한문 법화경 동판 227개가 채워져 있고.

옛날의 교종갑찰(敎宗甲刹), 그 맥을 이어받은
당대의 학승, 운허(耘虛) 큰스님의 손길이 아직
구석구석 남았구나. '밝은 달 비치는 저녁'
'여기서 무엇을 할꼬' 이런 한글 주련(柱聯)에도.

청풍루(淸風樓) 아래 풀밭은 온통 황금 융단이다
곱게 물든 노오란 은행잎이 수북이 쌓여.
그걸 몇 개 주워 수첩에 끼워 둔다.

떠나기 아쉬워라, 오백년 묵은
입구의 느티나무, 하여 우린 제각기
그 단풍든 고목(古木)의 밑동에서 독사진 찍다.

1994. 10. 31

운길산 수종사(雲吉山 水鍾寺)

운길산(雲吉山) 남쪽 중턱에 안긴 수종사 찾기에
오늘은 차라리 걸맞게 흐린 날.
종각에서의 전망은 기막혀라. 일찍이 서거정(徐居正)이
동방사찰 중 제1의 전망이라고 했다더니.

북한강과 남한강이 몸섞는 양수리(兩水里),
팔당호(八堂湖) 둘레의 첩첩 산들과
양수대교 및 철교마저 부드럽기 짝이 없네.
농담(濃淡)이 있을 뿐, 수묵(水墨)빛 일색(一色)일세.

이쪽 운길산은 만산홍록인데
보라 멀리 호수쪽만은 저렇게도 알뜰히,
꿈꾸는 듯한 몽롱함과 은은함을 지니고 있음을.

불현듯 종소리가 듣고 싶어지네.
이쪽과 저쪽, 이몸과 삼라만상……
그것들을 하나로 꿰뚫는 종소리가.

1994. 10. 30

태고사 원증 국사탑(太古寺 圓證 國師塔)

「사람 목숨 허무해라 물거품일세
팔십여 년 한 평생이 봄꿈 같구나
인연 다해 가죽자루 버리는 이날
한덩이 붉은 해가 서산에 진다」

이런 임종게(臨終偈)를 남기신 국사여,
당신이 주석했던 중흥사(重興寺)도 태고암(太古庵)도
아득한 티끌로 꺼진 지 오래건만,
사리탑과 탑비만은 기적처럼 남아 있다.

그 탑이 보고 싶어
나는 두 번째 이곳을 찾다.
멀리 왼쪽으론 만경대, 백운대,

노적봉의 암봉들이 옆모습을 드러내다.
아직 북한산은 달라진 것 없다며,
맑은 한줄기 바람을 보내오다, 태고(太古)의 바람을.

註 : 원증(圓證)은 태고 보우 국사(太古 普愚 國師 ; 1301-1382)에게 국왕이 내린 시호.

1994. 6. 13

한미산 흥국사(漢渼山 興國寺)

원효봉에서 원효가 참선수도하고 있었을 때
서쪽의 토산(土山), 한미산 기슭에서 사흘을 두고
서기(瑞氣)가 이는지라, 찾아가 보니
약사여래좌상이 방광(放光)하고 있더란다.

그래서 세운 흥서암(興瑞庵) 후신이 흥국사라네.
본당인 약사전(藥師殿)의 약사여래 참배하고,
칠성각 뒤 울창한 참나무 거목(巨木) 가에 서다.
거기서 바라뵈는 북한산은 천하일품.

인수봉, 백운대, 만경대, 염초봉, 원효봉, 노적봉이
마치 여섯 개의 연꽃잎 되어
활짝 핀 불멸의 연꽃자리 이룬 듯.

거기엔 필시 빛깔도 모습도 없거니와
무시무종의 비로자나 부처님이 모셔져 있으리.
옴마니반메훔 진언(眞言)이나 외울까나.

1994. 6. 20

운악산 현등사(雲嶽山 懸燈寺)

부슬부슬 내리는 초록비 맞으면서
현등사 찾아 운악산을 올라간다.
흙냄새 나는 산길을 밟고 간다.
울창한 수목들 신선한 초록빛에

반짝 정신나네. 이내 귀를 찢는
계곡물 소리따라 한참을 올라가니,
그 옛날 사흘 밤을 방광(放光)했었다는
현등사 나타나다. 현등사 나타나다.

천년 고찰임을 묵묵히 증거하는
이끼 낀 3층 석탑이 좋구나. 그 주변의
불두화, 해당화, 향나무도 좋구나.

또한 극락전 뒤 비탈의 노송들이
바야흐로 만개한 송화가루 날리면서
황금빛 거문고를 타는 것도 좋구나.

1994. 5. 16

천보산 회암사지(天寶山 檜巖寺址)

천보산 남쪽 기슭, 회암사지에 당도하자
절로 한숨 쉬다. 이미 수백년 전
폐허가 된 곳이나, 주춧돌은 남아 있어
그 방대한 규모가 놀랍다.

일찍이 회암사는 고려말 불교계의
총본산이었던 곳, 대가람의 면목을 갖추어서
나라 안팎에 이름을 드날렸다.
그것이 이렇듯 일장춘몽으로 그쳐도 되는 걸까.

안 되지, 안 되지, 그럴 수야 없고 말고.
회암사지 북쪽의 구릉에 올라서니
거기 지공·나옹·무학의 묘탑과

탑비와 석등이 한 줄로 정연하게
고색창연을 과시하고 있음이여.
회암사와의 줄기찬 인연을 증거하고 있음이여.

1994. 5. 20

고령산 보광사(古靈山 普光寺)

현재 이 절은 낡은 당우를 헐거나 고치는
일을 하는 중임. 고색창연한 대웅보전 편액은
영조(英祖)대왕의 친필이라 함. 놀라운 것은
근래에 조성된 석조 41척의 석존입상임.

고령산의 영기(靈氣)는 그곳에 모아진 듯.
넓고, 고요하고, 양명한 터에
서 계신 부처님. 그윽하고 안온한 원만상호임.
그 둘레를 나는 합장하며 두 번 돌았음.

녹음의 터널 이룬, 보광사 뒷숲 길을
오르고 또 오르니, 도솔암이 나타나고
멀리 트인 남쪽 아래로는 사바의 한 자락이

손바닥만해 보임. 극락전 앞의
만발한 홍작약. 우거진 느티나무. 멋진 노송들.
도솔천이 예 아니고 어디랴 싶음.

1994. 6. 4

용암사(龍巖寺) 쌍미륵

생긴 그대로의 거대한 암면에다
몸집을 새기고, 그 위에 다른 돌로 만든
머리를 얹었다. 높이 58척의 그것도 쌍미륵,
그 엄청난 용적에 압도되어 말을 잃다.

네모난 갓을 쓴
오른쪽 미륵은 합장하고 서 계시고,
둥근 갓을 쓴 왼쪽 미륵은
두 손으로 연꽃을 들고 서 계시다.

그렇다, 몸에 병이 있는 사람,
또는 간절히 아기 낳기 소원하는 아낙네들은
저절로 엎드려 기도하고 싶어지리.

아니, 누구든지 소원 하나쯤,
경건한 마음으로 절하고 기구하면
쌍미륵께선 꼭 들어주시리.

1994. 6. 21

삼성산 삼막사(三聖山 三幕寺)

관악(冠嶽)의 한 지봉(支峰)이면서 독립된 이름 지닌
삼성산 중복에 자리잡은 삼막사.
새로 조성된 주불전 안의, 금빛 찬란한
육관음(六觀音)님을 우선 배알하다.

절 뒤쪽에는 각별히 운치있는
늘씬한 키의 청송(靑松)들에 둘러싸여,
이곳이 유서깊은 고찰임을 증거하는
고려 때의 삼층석탑, 시선을 끄는구나.

칠성각(七星閣) 옆엔 우람한 남근석과
여근석이 읍하듯 마주 보고 서 있으매
선남선녀들이 정성을 들일 만도.

정결한 손으로 이 돌을 만지면서
출산과 무병과 장수를 빌면
반드시 효험이 있다고 한다.

1995. 4. 4

연주암(戀主庵)

관악산 정상에 이웃한 연주대,
고려의 유신들이 송도를 바라보며
통곡하였기로 붙여진 이름, 그 아슬아슬한
바위벼랑 위에 응진전 있어라.

연주암에 남아 있는 옛 것이라고는
삼층석탑 하나. 그밖엔 둘레의 멋진 나무들.
특히 큰 요사 앞의 느티나무 거목은
삼방향으로 굵은 밑동이 갈라져 있는데,

그 중 한 줄기는 아예 땅에 누운 채
다시 뿌리를 내리고 있는 모양.
수령이 즈믄 해쯤 되는 게 아닐까나.

새로 조성 중인 관음전 앞에 서니
확 트인 전망에 시원한 바람 일어
온몸의 땀방울이 일시에 가시누나.

1995. 6. 18

용문사(龍門寺)의 은행나무

이 나라 나무 중 최고의 키를 지닌
신령한 나무, 용문사 은행나무.
마의태자(麻衣太子)가 망국한(亡國恨)을 안고
금강산 가는 길에 심었다는 은행나무.

나라에 큰 변고가 있을 때엔
소리를 낸다는 이 땅의 수호령(守護靈),
예언의 나무, 무량수(無量壽) 나무.
너는 오늘 더없이 아름답다.

이미 절반쯤 황금의 은행잎을
지상(地上)에 깔았건만, 그래도 남은 잎들
계속 펄펄펄 바람에 휘날리네.

가는 가을 푸르름을 즐기고 있네.
그 무심한 초연한 자세를
한 번 본 이는 잊을 수 없으리.

1994. 11. 7

소요산 자재암(逍遙山 自在庵)

일주문 지나자 이내 원효대와 원효폭포 만나다.
자재암 앞엔 옥류(玉流)폭포가 깊숙한 골짜기로
그림처럼 떨어지고, 그 옆에 이어진
집채만한 기암(奇岩) 아래 굴이 나한전(羅漢殿)。

밖으로 뽑아낸 굴 속 석간수, 원효샘물 마시니
심신이 삽시간에 쇄락해지다。 도시 이 나라
명산고찰(名山古刹)에 원효의 흔적 없는 곳이 있던가。
원효는 살아 있다。 우리 안에 살아 있다。

녹음으로 물들은 대방(大房) 안에서의
상추쌈 점심공양을 마치고,
일행은 선녀탕을 찾기로 하다。

골짜기의 험준한 암벽을 타고 돌아
겨우 찾아낸 선녀탕은 과연 비경(秘景)임에 틀림없고,
소요산 전체가 그곳을 감싸고 있음을 알겠구나。

1994. 6. 7

화산 용주사(花山 龍珠寺)

뒤주에 갇혀 아사한 아버지,
사도세자(思悼世子) 원혼을 달래기 위해
정조(正祖)가 세운 절, 용주사엔 구석구석
그의 효성이 스미어 있구나.

대웅보전엔 여의주(如意珠) 입에 문
용(龍)이 많아라. 기둥에도 처마에도.
불단을 수호하는 닫집엔 다섯 마리.
천정엔 극락조와 천녀(天女)가 날고 있다.

후불탱화는 단원(檀園)이 그렸는데,
차분히 가라앉은 완벽한 솜씨 통해
뭇 불보살과 권속들이 더불어

숭엄한 불국토를 여실히 드러내다.
불심으로 승화된 효심의 본찰답게
이곳에 소장된 부모은중경판(父母恩重經板)도 배관해 볼 일.

1995. 1. 4

봉미산 신륵사운(鳳尾山 神勒寺韻)

고금(古今)을 하나로 꿰뚫고 흐르는, 여주 남한강 가,
신륵사에는 나옹화상 입김이 도처에 서려 있다.
화상이 처음 이곳에 당도하여 꽂았다는 지팡이가
지금은 자라, 육백 년 묵은 거창한 은행나무.

조사당(祖師堂)에서 화상의 영정을 친견하고
이내 그분의 사리를 봉안한 석종(石鍾)부도와
석종비(石鍾碑)와 석등(石燈)을 참배하다. 팔각 석등엔
면마다 비천(飛天)과 비룡(飛龍)이 살아 꿈틀거림이여.

화상의 혼령은 석종부도 안에 있는 게 아니다.
청산에 깃들어서, ― 말없이 살라 한다.
창공에 깃들어서, ― 티없이 살라 한다.

― 탐욕도 벗어놓고 성냄도 벗어놓고
   물같이 바람같이 살다 가라 한다.
캄캄절벽의 벽창호인 우리들, 후손에게.

1989. 12. 6

남한산 장경사(南漢山 長慶寺)

남한산성 동문에서 장경사로 직행하다.
병자호란(丙子胡亂) 이후 번승(番僧)들이 상주했던
호국사찰 중의 갑찰인 이곳이
지금은 쓸쓸하다. 새로 크나큰

9층석탑을 조성하긴 하였지만.
성벽 따라 북문, 서문을 거쳐
수어장대 당도하다. 주변 노송림(老松林)에서
희롱하는 두 마리 청설모 보다.

한 죽어가는 거송(巨松)이 안타깝다.
실은 그 옆에서 몇 해 전 나는
소나무 시(詩)를 낭송했었는데……

내가 들려준 시를 기억하느냐고 물어봤더니
거송은 쉰 목소리로 대답한다
「그럼요, 몇 마디는 생생히 기억하죠」

1995. 7. 2

칠현산 칠장사(七賢山 七長寺)

칠장사 뒷뜰 비각에는 이 절의 옛 주인,
혜소 국사의 비석이 있는데, 그 상처 입은
비신(碑身)과 귀부와 이수가 따로 떨어져 앉아 있다.
거기 이 절의 영광과 쇠퇴가 역연히 보이누나.

혜소 국사 교화로 7인의 악인(惡人)이
7인의 나한(羅漢)으로 되었다 해서, 산 이름은
칠현산(七賢山), 절 이름은 칠장사(七長寺)로 바뀌었다는
전설을 음미하며, 겨우 한 칸 작은 집,

나한전 안의 7나한을 살펴본다.
지붕 위론 고려말 나옹 화상 심었다는
낙락장송이 일산(日傘)처럼 절묘하게 펼쳐져 있음이여.

비록 단 한 그루라도 좋다.
이런 운치있는 노송이 있는 절은
이제 영영 잊히지 않는 법.

1994. 9. 19

서운산 청룡사(瑞雲山 青龍寺)

고려 후기에 명본(明本) 대사가 창건한 대장암(大藏庵)이
청룡사로 바뀐 것은 중창주인 나옹 화상
청룡(青龍)이 서운 타고 내려오는 것을 보았기 때문.
그래서 산 이름도 서운산이 되었단다.

정면 3칸 측면 4칸의 대웅전이 인상적.
팔작지붕의 다포계 양식인데, 엄청 굵어
두 아름은 실히 되는 꾸부정한 자연목이
그대로 대웅전 기둥으로 쓰이다니.

명부전 안의 지장삼존과 시왕과 판관들,
그 목각의 솜씨가 일품이다. 정중하면서도
엄숙한 분위기가 충만해 있구나.

뒷뜰에 나가보니, 마침 돌담 위로
다람쥐가 지나가다. 파아란 하늘.
서운산엔 차라리 구름이 드리워야 어울릴 텐데.

1995. 10. 5

안성(安城) 일대의 일일오사(一日五寺) 순례

윤달에 일일삼사(一日三寺)를 순례하면
더없는 복전(福田)을 짓게 된다지만
우리는 일일오사(一日五寺)를 순례하다.

먼저 우리가 찾아간 절은
죽주산 성은사(成恩寺).
태국왕이 조성하여 대만 어느 스님에게
기증했던 옥불(玉佛)이 이곳에 와 있단다.
인연이란 이렇듯 묘하고도 묘한 것.
백옥불(白玉佛) 친견하니
정말 태국의 향기가 물씬 나네.
항마촉지인(印)에 결가부좌 모습인데
편단우견(偏袒右肩)의 법의는 황금과
보석과 수정으로 치장이 된 것이네.
백옥의 상호와 손발이 더욱 돋보일밖에.
반달 눈썹에 검은 눈동자,
주홍의 입술도 돋브일밖에.

다음은 칠장사(七長寺),
새로 조성한 산신각 안의
산신탱화 끝내준다.

호랑이 꼬리가 어찌나 길고 힘차게 솟았는지
산신의 어깨 위로 반원(半圓)을 그리다가
마침내 그 끝은 해를 무찌른다.
노송은 치하하듯 가지를 흔들고
불로초도 한껏 발돋움하고 있다.
혜소(慧炤) 국사비엔 변함이 없고,
나한전을 일산처럼 폭 휘덮은
살아있는 노송은 여전히 끗끗하다.
참 이번에 주지스님 호의로
인목대비(仁穆大妃)의 친필 족자를
보게 된 건 큰 행운.
한(恨) 맺힌 노대비(老大妃)의 필치라곤
믿어지지 않을 만큼
크고 힘차고 반듯한 해서체.

세 번째 가본 절이
서운산(瑞雲山) 청룡사(靑龍寺)다.
절 입구에 서 있는 사적비,
숙종 46년에 세운 것이라는데
고풍(古風)에 절어 있다.
크고도 아늑한 대웅전 앞의
많이 이지러진 이끼 낀 3층석탑,
그런 대로 남았으니 얼마나 다행이랴.
요사채에 걸려 있는
靑龍寺 석 자의 현판이 재미있다.

음각된 글씨에
청룡의 색깔이 칠해져 있는 것이.

그 다음 네 번째가
도솔산 쌍미륵사.
용화전, 천불전, 산신각 등의
새로 지어진 전각에선
아직 단청(丹靑) 내음이 가시지 않고 있다.
이목을 끄는 것은
고색어린 쌍미륵상.
높이 5미터의 석조 입상인데
대체로 홀쭉해서
마치 두 개의 돌기둥인 양.
두 분 다 아직은 이목구비 뚜렷하고
목의 삼도(三道)나 옷주름도 분명하고
여원시무외 수인(與願施無畏 手印)도 확실하나,
우리는 지금 도솔천에 온 것인지
또는 56억7천만년이 일순에 지나가서
지금 이곳은 용화세계(龍華世界)인지
그 점은 도무지 분명치 않구나.

쌍미륵사에서
뒷산의 가파른 오솔길을 올라가면
국사암 나타난다.
비로소 시야가 확 트이는 곳.

첩첩 산들이 저만치 아득하게
바라뵈는 좋은 터에 날씬한 7층석탑.
여기 저기 단풍든 감나무가 있는데
그 아래 평상 같은
이끼 낀 바위들이 참배객을 손짓한다.
대웅전 우후방 솔숲 아래 잔디에는
석조 미륵삼존상이 서 계시다.
일행을 안내하는 스님이 말씀하길
「안성은 보통 고장이 아닙니다.
고찰도 많고 미륵불도 많습니다.
옛부터 이곳은 불국토예요」

1995. 10. 9

전등사(傳燈寺) 설화

대웅보전 네 귀퉁이 기둥 위에는
벌거벗은 여인이 쭈그리고 앉아 있소.
머리와 두 팔로 추녀의 하중을
이를 악물고 떠받들고 있다오。

그녀는 그 옛날 이 건물 세울 때의
도목수(都木手) 애인이자 마을의 주모(酒母)。
생기는 족족 도목수는 노임을 몽땅 바쳤지만,
그녀는 딴 남자와 놀아나서 달아났소。

도목수 한동안 실성한 사람처럼
식음을 전폐하고, 아무 일도 못했으나,
다시 마음잡고 소임을 완수했소。

이젠 그 도목수도 아득한 티끌이오。
다만 여인만이 아직도 삭지 않은
업보(業報)의 두려움을 알몸으로 증거하고 있소。

1992. 12. 18

마니산 정수사(摩尼山 淨水寺)

마니산은 머리에 참성단을 지녔지만
그 가슴엔 정수사를 품었구나.
아담한 고풍(古風)의 법당이 쏘옥 마음에 들고,
텅 빈 겨울산이 오히려 아늑하다.

멀리 툭 트인 하늘의 일각(一角)은 잿빛 서해(西海)구나.
함허화상(涵虛和尙)의 득도탑(得道塔)을 참배하니,
그 곳이 더없는 명당임을 알 만하다.
참으로 슬기로운 우리의 조상님들.

삼성각(三聖閣) 아래 만개한 채로 바싹 말라 있는
수국(水菊)의 모습이 그렇게 환상적일 수가 없다.
그래서 거듭 눈여겨 보며 석별의 정(情)을 쏟다.

골짜기엔 차가운 정수(淨水)가 흐르고,
잎 떨군 수림(樹林) 사이 널려있는 바위들의
고청(古靑)빛 이끼나 주름진 살갗도 운치 있다.

1992. 12. 19

겨울 보문사(普門寺)

보문사엔 거목(巨木)이 많아서 좋아라.
가파른 오름길을 쉬엄쉬엄 올라가면,
오른 편에 은행나무 거목이 솟아 있어
이 곳이 유서깊은 고찰(古刹)임을 말해준다.

이어서 입구엔 느티나무 두 그루가
그 섬세한 가지의 그물들을 하늘에 펴고 있고,
옛날 어부들이 바다에서 건져올린 불상과 나한상
22구가 모셔져 있는 석굴 앞엔 향(香)나무.

그 향나무 둘레를 두세 번 돌고 돌다가
돌계단 따라 낙가산에 올라간다.
깎아지른 암벽에 새겨진 관음상(觀音像).

그 곳에서 바라보는 서해의 낙일(落日)이 장관이라는데,
내가 다음 또다시 보문사 오는 날엔
인연이 닿아, 낙일을 보게 될지?

1992. 12. 20

78

고려산 백련사(高麗山 白蓮寺)

고구려 장수왕(長壽王) 4년의 일이었음.
고려산을 답사하던 천축 조사(天竺 祖師)가
산꼭대기 연못에 찬란히 피어 있는
오색 연꽃 꺾어 공중에 날렸다 함.

그 중 백련이 떨어진 자리에다
세운 절이 백련사. 하나 유감스럽게도
고찰(古刹)임을 증거하는 유물은 거의 없음.
다만 입구에 잎 떨군 느티나무

거목(巨木) 몇 그루와 비신(碑身)은 없어도
입 다물고 엎드린 해묵은 돌거북만
고풍(古風)에 절어 있음. 미동도 안 함.

돌 층계 옆엔 바싹 마른 수국(水菊) 더미,
꽃이나 줄기나 갈색 일색임. 어쩌면 한겨울
추위를 내내 그런 채로 견디는지.

1996. 1. 28

고려산 적석사(高麗山 積石寺)

천축 조사(天竺 祖師) 세운 오사(五寺) 중 하나로서
옛날의 홍련사(紅蓮寺)가 지금은 적석사(積石寺).
고려산 정상에서 서쪽으로 뻗어내린
줄기 끝인 낙조봉(落照峰) 품 안에 있다.

법당 앞엔 느티나무 거목(巨木)이 솟아
여름엔 더위를 모르고 지낸단다.
법당 우후방 절벽 아래에는
칠성·독성·산신(七星·獨聖·山神)의 석조 좌상 모셔놓다.

저만치 서해(西海)의 절경이 보인다.
여기저기 올망졸망 섬들이 보이는데
주지스님 가로되「해질 때 광경은

정말 끝내주죠. 티없이 이글이글
불타는 홍련(紅蓮)이 서서히 바닷 속에
잠기는 모습을 완벽하게 볼 수 있거든요」

1996. 1. 29

청룡산 청계사(靑龍山 淸溪寺)

과천을 사이에 두고 관악산과 마주 보는
산이 청계산, 토산(土山)이긴 해도 수목이 울창하여
풀 냄새 나무 냄새 산맛이 물씬 난다.
그 주봉 서남록에 청계사 안겨 있다.

고풍의 극락보전 불단에 좌정하신
아미타삼존불께 정례를 올리는
청신녀 청신남들. 천정은 빈틈없이
홍련등(紅蓮燈)으로 메워져 있다.

삼성각 아래 노송은 다시 보니
와송(臥松)은 아니지만, 이리저리 용틀임한
몸짓이 기발하고 세차고 절묘하다.

철쭉, 영산홍, 라일락 등이 시들어가는 속에
어쩌면 이곳의 모란 좀 보아라
갓 피어난 신선한 두 세 송이.

註 : 청계산을 불가에선 청룡산이라 부른다

1996. 5. 20

강
원

도피안사(到彼岸寺)

경오년 세모에 나는 처음으로 철원(鐵原)엘 갔다.
국토의 분단, 사십오 년의 세월이 흐르고도,
여전히 철조망과 지뢰로 숨 막히는
겨레의 치부, 가장 지독한 상처를 보았다.

월정리(月井里) 역에 벌렁 자빠진 채, 형해만 남은
녹슨 천리마(千里馬)가 다시 살아나서 질주할 날이
끝내 안 올 까닭이 있겠는가? 겨레는 하나인데.
보라, 저 철새들은 남북을 자유롭게 오가는 것을.

귀로엔 참으로 적막한 도피안사,
주지도 신자도 없는 법당 안에, 홀로 앉아 계신,
빛뿜는 비로자나 부처님을 뵈었다.

나는 확신했다, 찬란한 부처님 방광(放光)에 뚫리면서,
먼 훗날, 사람들은 이곳에 분단의 상처가 있었던 것이
도무지 믿어지지 않으리라는 것을.

1990. 12. 5

월정사(月精寺) 진입로의 전나무숲

월정사를 덮고 있는
탄허(呑虛) 스님 글씨 중
백미는 아무래도 일주문 현판이지.
'月精大伽藍'
그 금빛 찬란한 글씨에 눈 주다가
걸음을 옮기면
아연 전나무들 위용에 압도된다.
마치 초록의 벼락을 맞는 느낌.

백으로 헤아리랴, 천으로 헤아리랴.
사백 년 오백 년의 세월이 곧바로
하늘로 솟아 있다. 죽죽 솟아 있다.
초록의 그물 짜는 가지는 퍼져서
거의 하늘이 안 보일 정도.
길게 이어지는 짙은 녹색의
산소 천막으로 들어선 기분.
갑자기 커지는 폐활량(肺活量) 때문이리.
콧구멍은 벌렁벌렁, 눈구멍도 귓구멍도
새롭게 새롭게 열리는 소리……

분명 이몸이 걷고는 있지만

땅을 밟고 있는 건 아니리라.
어쩌면 이곳은 무중력상태……
사차원 세계일지도 몰라.
옷 훌훌 벗고 알몸 춤을 출까나.
초록의 그물 새로 빛과 그늘 희롱하듯
가볍게 이리저리 부유(浮遊)해 볼까나.

순간 이몸은 현기증을 느낀다.
그러매 와락 껴안을밖에,
생명(生命)을 끌어안듯
아니 수직의 영원(永遠)을 부여안듯
두 아름도 더 되는 전나무 거목(巨木)을.

1997. 4. 9

월정사(月精寺) 8각 9층 석탑

법당의 부처님은 심심치 않으시리.
자연스럽게 눈이 가서 머무는 곳,
뜰 한가운데에 탑 중의 탑, 진신사리탑,
영묘(靈妙) 그지없는 8각 9층 석탑이 있으므로.

바람도 없는데 풍경소리는 그칠 새 없고,
햇빛 받으면 황금탑 되오.
달빛 받으면 백금탑 되오.
즈믄 해의 풍상은 운치를 더해 줄 뿐.

「암 그렇지요, 이곳이 바로 극락(極樂)……」
하듯, 탑을 향해 맨땅에 궤좌한
약왕(藥王)보살석상이 황홀한 미소를 짓고 있소.

두 손 공손히 가슴에 모아
연꽃 공양을 올리고 있소.
장락(長樂)의 도취삼매에 들어 있소.

1994. 10. 11

상원사(上院寺)와 방한암(方漢巖)

장중하고 오묘한 오대산 중턱에
상원사는 있구나. 위로는 멀리 적멸보궁(寂滅寶宮)이,
기슭에는 월정사(月精寺). 이 천년 고찰을
사수한 분이 방한암 대선사다.

6·25 전쟁 때, 전략상 이유라며
후퇴하는 장병이 월정사를 불태웠다.
이어서 그들은 상원사로 올라갔다.
혼자 남은 스님의 피난을 종용했다.

「난 못 떠나오. 정 법당을 태우겠거든
노승을 놔둔 채 불사르기 바라오.
기꺼이 소신공양(燒身供養)을 하고 싶소」

하여 상원사는 화재를 면했지만,
스님은 끝내 이 절에서 입적(入寂)했다.
가사장삼 수(受)하시고 결가부좌한 채.

94. 10. 12

세조(世祖)와 문수동자(文殊童子)

필설(筆舌)로는 못 다 할 악업을 지은 끝에
보위에 오른 세조(世祖)는 알 만했다.
온몸에 생긴 악질 종창도
감내할밖엔 없는 업보의 하나란 걸.

전국의 이름난 기도처와 물을 찾아
그는 오대산 계곡에 이르렀다.
종자(從者)를 물리치고, 알몸으로
목욕을 하려는데, 홀연 나타난 동자승 하나.

왕은 그 동자를 불러 몸을 씻게 하니,
놀라운지고, 종창이 낫다니! 「너 어디 가서
옥체(玉體)를 씻었다는 말은 하지 말라」

「임금님께서도 문수(文殊)를 친견했다고는 마소서」
하자 동자는 자취를 감추었다.
오늘날 상원사(上院寺)엔 그때의 문수동자상이 있다.

1994. 10. 12

중대 사자암(中臺 獅子庵)

상원사에서 적멸보궁 가는 도중
들르게 되는 곳, 중대 사자암.
일만(一萬) 문수보살의 상주처라네.
백수의 왕, 사자는 바로 무외(無畏)의 상징。

향각(香閣)이라 부르기도 하는 뜻은
적멸보궁을 봉향(奉香)하고 있기 때문.
이곳을 찾는 이는 맑은 샘물로
우선 목 축이고 두 눈을 씻거라。

희대의 대덕(大德) 방한암 선사께서 71년전
뜰 앞에 꽂아 놓은 견고한 지팡이가
지금은 무성한 단풍나무 될 줄이야。

이렇듯 현존하는 기적을 대할 적엔
누구나 몸 씻고 마음을 한없이
비울 일 아니던가, 가난하고 겸허하게。

1997. 4. 9

북대 미륵암(北臺 彌勒庵)

상원사에서 북으로 난 큰 길로 5킬로,
천삼백 고지에 북대 미륵암, 너와지붕의
법당이 있다. 현판과는 달리 안엔 석존의
가죽과 뼈만 남은 앙상한 고행상(苦行像)이.

원래 이곳은 석존과 오백나한 상주처였으므로
이상할 것이 없지. 수도암 쯤으로
이름을 고친다면. 일행은 이어서
나옹 화상의 수행처였던 좌선대 찾아가다.

동으로 확 트인 첩첩 산들이
아직은 희끗희끗 잔설에 덮인
모습을 바라보며 나는 환호하다. 심호흡하다.

오대산에서 제일 먼저 핀다는 꽃,
노오란 복수초(福壽草) 뇌리에서 안 떠나네
내내 귀로의 발걸음은 빨랐건만.

1997. 4. 11

서대 수정암(西臺 水精庵)

인적이 끊인 가파른 산길, 눈이 무릎까지
푹푹 빠지누나. 오대산 중에서도
가장 그윽한 오지의 너와집이 수정암이라네.
3월 중순인데도 하마 독사가 설설 끓는단다.

바로 근처엔 한강의 발원지,
우통수 있음이여. 수정암 지키는 스님은 물론
아미타여래와 일만(一萬) 대세지보살과 함께
독사도 멧돼지도 이 샘물 마시나니.

실로 이곳은 기막힌 수행처.
늘 끊임없이 공부를 않는다면
단 하루도 지낼 수 없으리라.

옷주머니에서도 독사가 나온다니
어떻게 견디세요? 하자 스님은 빙그레 웃는다.
별 수 있습니까, 더불어 살아야죠.

1997. 4. 12

남대 지장암(南臺 地藏庵)

월정사에서 비교적 가까운 곳,
아늑한 산자락에 일만 지장보살 상주처 있다.
현재 비구니 참선도량답게
지장암 말고도 육화료, 삼성각,

기린선원 등 알뜰한 당우들이
이곳 절살림을 짐작케 하는구나.
하나 이 마음 사로잡고 안 놓는 건
뜰 둘레의 울울한 나무들……

특히 어떤 구역엔 늘씬한 장송들과
전나무 거목들이 절묘하게 어우러져 있음이여.
서로 나무향을 뒤섞고 있음이여.

그 아래 낙엽방석에 좌정하여
나는 한동안 삼매에 빠지다.
세상에 이런 거목들보다 더 좋은 게 있을까.

1997. 4. 12

동대 관음암(東臺 觀音庵)

관음암 가는 길은 작은 계류 따라
내내 가파른 오름길이로구나.
숨 돌릴 때마다 눈길 끄는 것은
하늘을 찌르는 잘 생긴 전나무들……

저만치 축대 위에 동관음암(東觀音庵) 나타난다.
남향한 인법당, 현판은 역시 탄허(呑虛) 스님 글씨.
뒷뜰의 찬 샘물 맛이 유난히 좋구나.
나는 여기서도 둘레의 전나무를 살피게 된다.

오대산엔 참으로 도처에 전나무들,
이른바 오만진신(五萬眞身) 보살의 실상이
내게는 다름아닌 전나무들로 여겨짐을 어쩌랴.

그러매 동대의 일만 관음진신을
나는 이미 친견했노라고 큰소리쳤더니
동행들은 아예 들은 척도 안 하누나.

1997. 4. 13

적멸보궁(寂滅寶宮)과 서대 수정암(西臺 水精庵)
– 용안수와 우통수

오대산 주봉, 비로봉에서
남쪽으로 흘러내린 능선 위 산마루에
적멸보궁(寂滅寶宮) 있다.
일찍이 신라의 자장(慈藏) 율사가
당나라에서 가져온 부처님의 진신사리를
봉안한 이곳,
겹겹이 에워싼 오대산 산세들이
연꽃잎들일진대
그 핵심인 화심(花心)의 자리,
또는 오대산이
한 마리 똬리 튼 용(龍)일진대
여의주(如意珠) 희롱하는 용머리 부위,
천하의 제일 명당.

이곳에 오면 더 갈 데가 없다.
시공(時空)이 붙지 않는 부처님 마음 자리,
그 한 가운데 와 있는 까닭.
사람들은 그저 햇빛이자 바람이다.
사람들은 그저 바람이자 구름이다.
사람들은 그저 구름이자 풀잎이다.   *

하나 살아 있다는 기쁨에 감사하고
찬미하다가도
문득 자신이 오장육부 지닌
존재임을 의식할 때
사람들은 돌아간다
하산(下山)길 서두르는 나그네 신세로。

적멸보궁이
용머리 정수리에 위치해 있다면
용의 눈에 해당하는 곳엔
무엇이 있을까。
해발(海拔) 천삼백 고지(高地)에 말이다。
샘터가 있다。용안수(龍眼水)가 솟고 있다。
즈믄 해 두고 늘 새록새록
용(龍)의 눈물, 치유의 영액(靈液)이。

비록 마음은 여리고 착하지만
눈먼 애증(愛憎)의 굴레에 말려들어
괴로워하는 이가 이 샘물 마시면
홀연 골수의 묵은 때가 씻기어서
마침내 타는 목마름을 벗어나리。
이미 탐·진·치 삼독(三毒)을 여읜
마음을 비운 이가 이 샘물 마시면
눈이 더욱 맑아지리。
사물의 진상을 꿰뚫어 보는

투시력(透視力)을 얻으리.

적멸보궁(寂滅寶宮) 봉향하는
중대(中臺)를 지나
하산길 걷다가
이번엔 드디어 서대(西臺)로 가는
길목을 찾아내다.

아아 꿈의 서대행(西臺行)!
이몸은 이미 서대만 빼놓고
나머지 네 군데는 답사한 바 있다.

오대산 중에서도
서대는 각별히 외따른 오지(奧地)에
숨어있는 까닭으로
인적이 드문 곳이라 한다.
거의 원시적인 오두막 한 채,
너와집 한 채가 이른바 수정암(水精庵),
또는 염불암(念佛庵)이라고 불리우는
인법당인데
스님이 혼자서 밥해 먹고 빨래하고
불 때는 곳이란다.
혼자서 예불하고 혼자서 나무하고
혼자서 밭 갈고 혼자서 씨 뿌리고
혼자서 참선 수행하는 곳이란다.

전기, TV, 라디오도 없는 곳.

수정암(水精庵) 가는 길
계속 오르막길, 험하고 가파르다.
수목들이 우거져 하늘이 안 보인다.
사람이 한 사람 다닐 만한 오솔길이
이어져 있지만, 한여름에는
필시 그것도 지워지고 말 것이다.
어느덧 진땀으로
손수건과 내의는 촉촉히 젖어 있다.
다만 진초록의, 또는 반투명의
연초록 잎들 새로
이따금 맑은 바람이 불어와
견딜 만하다. 아주 시나브로
에머랄드 빛 보석가루들이 떨어져 온다.
불현듯 들려오는 영묘한 새소리에
땀이 가신다.

얼마나 걸었을까.
드디어 저만치
훤히 트인 공간(空間)이 나타난다.
나무들은 훨씬 높고 커보이고
묵은 낙엽 깔린
오솔길은 어느덧 넓어져 있다.
그만 주저앉고 싶어지는 순간이다.

보니 발치에 샘터가 있다.
그것이 바로 우통수(于筒水)일 줄이야.

우통수, 우통수,
신라의 두 왕자, 보천(寶川)과 효명(孝明)이
이곳 물로 차를 달여
문수보살에게 공양했다는 전설이 있을 만큼
아주 오래 전에 발견된 샘.
한강(漢江)의 발원지,
빛깔과 맛이 보통이 아닌 데다
물 무게가 무겁기로 소문난 샘.
매월당 김시습(金時習)과 율곡 이이(李珥)도
이곳을 찾아 물맛을 보았다는 특별한 샘.
이제 그 샘물을
이몸 또한 마시나니,
두 눈이 밝아지고 내장의 찌든 때가
말끔히 씻겨져 내리는 것 같구나야.
그제서야 비로소 눈에 띄는 것이 있다.
샘물 속 한 마리 적동(赤銅)빛 개구리.
그렇다 이 샘물은
인간들의, 인간들만을 위한 샘물이 아니리라.
서대(西臺)에 상주하는 아미타 부처님과
일만(一萬)의 대세지보살을 비롯해서
뱀과 너구리와 멧돼지와 산비둘기
수정암(水精庵) 스님이

더불어 마시는 샘.
요익중생(饒益衆生)의 샘.

거기서 수정암(水精庵)은
아주 가까운 거리에 있다.
밝아진 눈에
알뜰히 비쳐오는 너와집 한 채.
흙과 돌과 나무로만 지은 집,
하지만 이몸에겐
그것이 결코 박물관 속의 집이 아니라
차라리 다가올
미래(未來)의 집으로 비치는 걸 어찌 하랴.
모든 집들의 원형이자 이상으로.
볼수록 정이 가는 소박한 집으로.
사람이 사는 집 중에선 제일 많이
맑은 공기와 햇빛과 물과 바람을 누리는 집.
부처님을 모신 집.
꿈과 사랑과 평화가 깃든 집.
자연(自然) 그 속에 주어져 있기에
언제까지나 자연과 더불어 숨쉬며 사는 집.
웬일로 도무지 낯설지 않은 것이
필시 전생(前生)에 이몸도 한 철
이곳에서 홀로 살았을 법도 싶다.

민들레 난만한 수정암(水精庵) 뜰에는

낡은 나무 의자(椅子)가 하나
확 트인 전망을 앞두고 있다.
대사(大師) 님이나 앉을 만한 의자다.
유난히 크고 견고해 보이지만
풍우상설 속에 방치해 둔 탓인지
질박한 맛이 더없이 매혹적인
의자인 것이다.
감히 이몸을 그 위에 앉혀 본다.
멀리 겹겹으로 산들의 능선이
수묵화(水墨畵)처럼 펼쳐져 있다.

문득 그 황금의 고요 깨고
스님의 목소리가 귓전을 울린다.
자 그럼 편히 쉬었다 가십시오.
그동안 계획했던 체류일정 끝내고
스님에겐 오늘이 상원사(上院寺)로 떠나는 날.
이몸은 엉뚱하게 그 말이 섭섭하다.
왜 스님은 이곳에 아예
머물러 있으라는 말씀은 안 하실까.
하기사 이몸을 인계자로 삼기에는
인연은 도무지 아득할 뿐이어늘.
그건 어쩌면 내후세(來後世)에나
이루어질 일일지도 알 수 없거늘.

1998. 5. 30

치악산 구룡사(雉岳山 龜龍寺)

구룡사 일주문은 따로 원통문(圓通門)이라고 함.
진입로 양쪽에 운치있는 노송림(老松林)이 이어짐.
바닥엔 빈틈없이 자연석이 깔려 있음.
맑은 계곡물에 내내 눈 귀와 마음을 씻음.

사천왕문(四天王門)은 드물게 2층이나 안은 통층임.
옆엔 화강암의 여래입상이 미소를 흘리심.
보광루(普光樓) 지나 대웅전 뜰에 서니
앞뒤로 에워싼 산들이 물씬 가을내 풍김.

삼성각(三聖閣) 가는 길의 산수유나무에서
빨간 산수유 열매를 따먹음.
시큼하고 떫은 맛이 입 안에 남음.

단풍잎 산뜻한 계곡 따라 올라가봄.
고로쇠나무나 박달나무 따위
나로선 처음 보는 나무도 많음.

1995. 10. 14

구룡사(龜龍寺)의 은행나무

원통문(圓通門) 지나 한참을 가다 보면
연꽃봉오리 모양의 부도 군(群)이,
거기서 다시 한참을 가다 보면
은행나무 나타난다. 높이 25미터

둘레 3.5미터, 수령 200년의
은행나무 거목이. 곧장 자란
굵은 밑동이 가슴 높이쯤에서는
사방팔방으로 무수한 가지 뻗어

은행나무 왕국을 이루고 있음이여.
지금 이 울창한 녹음은 이내 황금의 궁궐로
변할 터이지만, 아마 800년쯤 지나 보아라.

이 거목은 초거목(超巨木) 되어 은행나무 신(神)이 되리.
저 용문사(龍門寺)나 영국사(寧國寺)의 은행나무 못지 않은
수호신 되어 길이 이 나라 산수(山水)를 지키리.

1995. 10. 16

오봉산 청평사(五峰山 淸平寺)

우수(雨水) 다음날 쾌청의 날씨,
서울서 통일호로 춘천역에 하차하자
시간이 탈락하고, 소양호(昭陽湖) 가르던
배에서 내리자 공간이 탈락하다.

절 가까이 우측 계곡엔 구성(九聲) 폭포가
얼어 붙어 있었으나, 그 속엔 부처님이
결가부좌하고 계실 것만 같구나.
아니, 하마 해빙(解氷)의 설법이 들리는 듯.

두 그루 잣나무와 회전문(廻轉門) 지나니
대웅전 바로 위로 오봉산 솟은 모습,
수려하고 양명해라。솔향기 뿜어라.

고려(高麗) 때 이곳에서 수도한 도승,
환적당과 설화당 부도를 참배하다。
둘레의 맑은 고요에 압도되어 눈물이 솟다.

1995. 2. 22

청평사(清平寺) 전설

옛날 중국의 어느 공주 이야기.
절세의 미녀인 이 공주를 짝사랑하다 못해
죽어서 뱀이 된 청년관리에게 기회가 왔다.
낮잠 자던 그녀에게 슬금슬금 접근하여

머리는 배꼽에 꼬리는 하체에 밀착시켰단다.
어떠한 방법도 그것을 떼어낼 재간이 없었다.
공주는 할 수 없이 궁궐을 떠났다.
영험처 찾아 나라 안을 헤매었다.

나중엔 조선 땅 금강산에 가보려고
청평사 근방에 당도했을 때다.
뱀이 이상하게 풀이 죽더니 결박을 풀었다.

구성(九聲) 폭포에 공주가 신생(新生)의 목욕을 하고나자
요란한 천둥번개가 쳤다.
보니 벼락 맞은 뱀은 잿가루로 바뀌어 있었다.

1955. 2. 25

백담사(百潭寺)

신라 자장 율사 창건 이래
여덟 번 불타고 아홉 번 중건된
역사를 갖고 있는 고찰치곤 초라해라.
본전(本殿) 기와엔 잡초 우거지고,
지붕의 선이 일그러지고 있는 게 슬프구나.
절 전체가 조금씩 땅 속으로
꺼져 들어가고 있는 듯하다.
저 무심한 벽공에 짓눌려서
그리 될 리는 없고, 발치에 거느린
백담이 절의 중건을 염원해서
은연중 건물을 당겨 내리고 있는지도 모를 일.
그렇다, 내설악 산세에 걸맞게
좀더 우람한, 견고한 절로
백담사는 탈바꿈하여야 하리.

1987. 10. 3

봉정암 오층석탑(鳳頂庵 五層石塔)

거대한 다섯 마리 봉황이 막 내려앉은 듯한
다섯 개의 암봉을 뒤에 두고, 봉정암은 있지만,
이곳의 백미는 송림 우거진 드높은 언덕
연꽃이 새겨진 암반 위의 오층석탑일세.

한 즈믄해쯤, 밤낮없이, 내설악에선
제일 먼저, 제일 많이, 햇빛과 바람과 비와 서리와
눈을 감내했을 정기(精氣) 덩어리여. 추호도 하자 없는
완벽한 균형이여. 오오 너에겐 시간이 무력해라.

다만 시간은 너에게 고청(古靑)빛 이끼를 입혔을 뿐,
너를 괴멸로 이끌지는 못하나니, 찬미할진저.
너를 있게 한 자, 어찌 한 석공의 솜씨만이랴.

천 · 지 · 인 삼재(三才)가 한 마음 한 뜻으로
세워놓은 것이리라. 석탑의 나라, 이 땅에서도
이만큼 좋은 터에, 이렇듯 영묘한 탑은 없으리.

1987. 10. 6

설악산 신흥사(雪嶽山 神興寺)

일주문 지나자 이내 청동석가여래좌상과 만나다.
그 온화하고 자비로운 무언설법(無言說法). 그것과 둘레의
대설악(大雪嶽) 산빛과는 다르지 않음이여.
계곡 물소리나 전나무 푸름과도 그대로 통함이여.

보제루(普濟樓) 거쳐 저만치 극락보전(極樂寶殿), 잘 다듬어진
화강암 기단 위에 화려하고 장중하다.
돌계단 좌우 소맷돌에 새겨진 용두용신(龍頭龍身) 운치 있네.
그 바깥쪽엔 귀면(鬼面)과 삼태극(三太極)과 비운문(飛雲文)까지.

문득 눈 들어 사방을 둘러보니, 수려무비 설악의
절묘한 암봉들, 울산바위나 권금성 바위들이
쩡쩡 백금(白金)의 쇳소리를 뿜는구나.

「신흥사(神興寺)는 미상불 신(神)들이 일으킨 절,
그러매 우리들 대설악(大雪嶽) 연봉(連峰)들이 건재하는 한
신흥사는 영원하리」 그렇게 말하고 있는 듯하다.

1996. 11. 23

금강산 건봉사(金剛山 乾鳳寺)

불이문(不二門)만 남겨놓고 6·25 때 타버렸던
명찰(名刹) 건봉사。 그런데 아직도 상처는 남아,
불이문 왼쪽엔 군부대가 주둔하고
오른쪽엔 민통선 철망이 쳐져 있네。

신축된 대웅전 크고 화려하나
여기저기 옛 절터와 값진 석물(石物)들
반갑기 그지없고, 잎 떨군 고목(古木)들,
맑은 계곡물에 마음이 고요하고 아늑해진다。

적멸보궁(寂滅寶宮) 뒤로 걸음을 옮긴다。
새로 조성된 부처님 사리탑 좌우에 오히려
고색(古色)이 깃든 옛 부도와 부도비 있음이여。

금강산 남쪽 지맥(支脈) 건봉령 기슭의
이 절이 유서깊은 대가람이었음을 알 만하구나야
귀로에 숲속 그야말로 장관인 부도군 앞에 서매。

1996. 11. 21

화암사(禾巖寺)

절 옆에 우뚝 솟은 수(穗)바윌 보아라
화암사에는 사천왕문(四天王門)이 필요 없겠구나.
뒤로는 신선봉, 멀리 앞으로는 동해가 있으매
대웅전 부처님은 늘 흡족하시리。

해 뜰 때엔 해공양, 달 뜰 때엔 달공양,
그리고 허구한 날 낮이나 밤이나
계곡의 맑은 물소리 들으시며
부처님은 미소로 응답하시누나。

신라대(新羅代) 창건 이래 중건중수를 거듭한 이 절,
지금의 새 건물도 세월이 흐르면
주변의 그윽한 비경(秘景)과 어울리리。

귀로엔 다시 한번 차를 세우고,
울산바위의 신비롭고 우람한 전경(全景)을 보다.
아아, 강원도, 산 좋고 물 좋은 곳。

1994. 12. 28

낙산사 수국(洛山寺 水菊)

탐스럽다 송이송이
소담한 수국……
말복(末伏)에 땀 흘리며
열 시간을
서울서 버스로
덜거덕거리면서
산 넘고 물 건너
온 보람이 너로구나
낙산사 수국……
꽃이라기보다도
차라리 이몸에겐
보이네 보이네
보랏빛 영겁(永劫)으로
송이송이 극락(極樂)으로

1972. 8. 14

낙산사(洛山寺) 뜰

아지랑이 가물대는 법당(法堂)의 푸른 기와
그 위에 엎드린 구름과 구름 사이
하늘은 살짝 한낮의 베일 벗고
쪽빛 고운 살결 드러내 보이누나

하늘의 살결에선 분꽃 냄새 난다
꿀보다 단 샘물 가 바위 위엔
그 옛날 밤이면 물 마시러 내려왔던
선녀의 발뒤꿈치 자욱이 남아 있다

사천왕문(四天王門) 사이 두고 두 그루 수국(水菊)
보랏빛 꽃빛 보며 시름을 잊는데
갑자기 귓속 찢는 참매미 소리에서
오히려 깨닫겠다 낙산사 깊은 고요

1972. 8. 14

오봉산 낙산사(五峰山 洛山寺)

속초까지 단숨에 날아간 까닭일까.
원통보전(圓通寶殿) 앞에 서 있는 내가 꿈만 같아라.
그 옛날 조신(調信)은 이곳에서 꿈을 통해
애욕의 무상함을 깨우쳤다더니.

더러 훼손된 채, 하지만 의연한 칠층석탑이여.
그 안에 있을 수정염주와 여의주 떠올리자
문득 이마에 의상(義湘) 대사의 손길이 느껴지다.
대사님, 대사님, 당신의 목소리도 들려주소서.

저만치 솔숲 위로 해수관음 상반신이
엄지만하더니, 정작 가보매, 천상천하를
가득히 채운 원만자비상이 압도해 오는구나.

의상대에서 잠시 쉬었다가 홍련암(紅蓮庵) 찾다.
마룻바닥 구멍 통해 깎아지른 암벽 새론
들리네 출렁이는 태고의 바닷소리……

1997. 11. 14

낙산사 해수관음상(洛山寺 海水觀音像)

뒤로는 멀리 설악 연봉 두르고
앞으로는 망망대해, 동해 창파 굽어보며
해수관음 서 계시네.
이곳은 낙산사. 해동제일관음도량.

옛날 의상이 칠일칠야 재계 끝에
수정염주와 여의주 얻고,
다시 칠일칠야 지극정성 드린 끝에
관음보살 친견했던 최고의 명당 자리.

그 은혜로운 자리에 지금
우뚝 솟은 해수관음, 천상천하에
사자후하심이여, 미소하는 침묵으로.

이곳이 관음의 상주처임을.
이곳이 지혜와 자비의 중심임을.
이곳이 통일과 평화의 터전임을.

1997. 11. 14

진전사지(陳田寺址) 삼층석탑 불상
- 그 탁본을 보고

연꽃 자리 위에
가부좌하신 동안(童顔)의 부처님.
순수무구한 아름다움이란 것이
어떠한 것인가를 이제 알겠군요.

고요하고 부드럽고 한결같은 것이
그 처음의 물방울 듣는 듯한
신선함을 잃지 않고, 숨쉬고 있는 것.
시간 속에 드러난 영원의 탁본으로.

님의 나발(螺髮)은 만개한 수국(水菊) 같고
앞가슴에 모아진 설법인(說法印)도 꽃 같아라.
신광(身光)과 두광(頭光)은 꽃향기 은은한

달무리 같고, 어쩌면 님의 옷주름마저
이슬 머금은 꽃 같아라, 꽃 같아라.
님 전체가 정히 거룩한 꽃 중의 꽃이어라.

1996. 11. 1

태백산 정암사(太白山 淨巖寺)

적멸궁(寂滅宮)으로 들어가는 어귀에는
자장 율사 꽂았다는 주장자가 자라서
주목(朱木)이 되어 있네. 고색(古色)어린 적멸궁,
그 앞의 드넓은 초록 뜰이 좋아라.

적멸궁 불단에는 촛불이 켜져 있고
꽃과 차와 과일이 바쳐져 있지만,
주홍 방석 위에 부처님은 안 계시고
적멸위락(寂滅爲樂)만이 서리어 있구나.

부처님 사리가 봉안된 모(模)전탑,
수마노탑(水瑪瑙塔)은 적멸궁 굽어보는
뒷산 마루턱에 훤칠히 솟았나니.

희한도 하여라, 그 탑의 물먹은
회청(灰靑)빛 돌빛깔. 자장 율사 귀국시
서해용왕(西海龍王)이 선물한 마노석을 사용한 까닭일까.

1994. 10. 18

116

자장 율사(慈藏律師)의 한(恨)

만년에 자장은 태백산 갈반지(葛蟠地)에
석남원(石南院) 즉 정암사(淨巖寺) 세우고
문수보살의 강림을 기다렸다.
이미 두 번이나 문수의 내현을 맞았던 그다.

어느날 남루의 늙은 거사(居士)가
삼태기에 죽은 강아지를 메고 와서
시자(侍者)에게 이르되,「자장을 보러 왔다」
「허 이 사람, 미치광이 아닌가」

자장 또한 깨닫지 못하고, 시자로 하여금
꾸짖어 쫓게 하니,「그래 돌아가마.
아상(我相)을 지닌 자가 어찌 나를 보리오」

거사가 삼태기를 거꾸로 털자마자
개는 변하여 사자보좌(獅子寶座) 되고, 거기에 올라 앉아
그는 방광(放光)하며 아득히 사라졌다.

1994. 10. 18

두타산 삼화사(頭陀山 三和寺)

지혜(智慧) 스님이 삼화사 주지로 부임한 뒤
도량은 달라졌소. 무럭무럭 달라졌소.
앉아있는 불교에서 부지런히 활동하는,
늘 끊임없이 일깨우는 불교에로.

그 동안 스님은 서 번이나 쓰러졌다고 하오.
이제 다시는 그런 일이 없겠지요?
대웅전 옆에 새로 조성된 자비의 화신(化身),
지장보살께서 미소를 거두어 버린다면 몰라도。

일주문 아래 무릉계곡 초입에는
천 명쯤 거뜬히 수용할 만한 암반이 있거니,
법석(法席)을 차리기엔 안성맞춤인 곳。

사부대중이 구름처럼 모여들면
찬불가 · 찬불무(讚佛歌 · 讚佛舞)로, 그 곳은 홀연,
꽃비 내리는 불국토 될 것이오。

1992. 11. 6

동해 감추사(東海 甘湫寺)

북평 바닷가 감추사에 가봤는가?
찰랑이는 바닷물과 지척간인데도
뭍에선 천연약수, 물 중의 물,
감로수(甘露水)가 사철 콸콸 숫고 있다.
그래서 절 이름이 감추사라네.
이곳 어느 석굴에서
신라 오십일대 진성여왕 셋째 따님,
선화공주는 희대의 난치병,
백풍병(白風病)을 고쳤다네.
삼십 년 동안 지극정성 수양하다
목숨이 다하매 묻힌 무덤도
이곳에 있다지만, 알 수가 없구나.
보니, 한겨울인데, 저만치 바닷가엔
몇 해녀(海女)들이 찬 바닷물 속으로
과감히 뛰어드네. 바닷속 천연약초,
미역을 따려나, 전복을 따려나.

1993. 2. 12

두타산 천은사(頭陀山 天恩寺)

저 6·25 때 회진된 천년 고찰,
이젠 복구되어 두루 가람의 규모를 갖추다.
고려의 대학자 이승휴(李承休)가 이곳에서
겨레의 서사시 제왕운기(帝王韻記) 썼다던데……

우리 후손들 까막눈에도 주변의 그윽한
비경(秘景)만은 들어오니 고마울 따름일세.
해탈교 앞뒤의 느티나무 두 그루와
영월루(映月樓) 앞의 큰 향나무가 반갑게 맞이하네.

극락보전의 아미타삼존께선
「당우(堂宇)야 인연 따라 회진된다 하더라도,
진리야 불멸이지」하고 무언의 설법을 하시누나.

두타(頭陀)·청옥(靑玉)의 명산이 있고
태고의 신비 지닌 계곡물 흐르는 한
인간 자정(自淨)의 의지도 또한 마를 수 없으리.

1996. 8. 8

태백산 영은사(太白山 靈隱寺)

대웅보전 뒷산엔 죽죽 뻗은 소나무들
병풍처럼 둘러섰네. 하지만 그 아랜
설해(雪害)를 입고 쓰러진 대나무들, 바닥까지 휘어져
얼어붙은 몰골이 애처롭다 하였더니,

수진 선녀(守眞 仙女) 이르기를, 봄이 오면 원상으로
돌아갈 거란다. 암 그래야지,
대나무는 십장생(十長生)의 하나가 아닌가?
어쩐지 근방엔 불로초라도 숨어 있을 듯.

팔상전(八相殿) 앞의 앙상한 백일홍 고목도 멋있고,
흙과 돌로 된 요사채 굴뚝을
칭칭 감고 있는 마른 덩굴도 운치 있구나야.

태백산 영기(靈氣)의 한 가닥은 분명 이 곳에 모여
선경(仙境)을 이루었네. 안 그러면 마음이
어찌 이렇듯 맑고 부드럽게 풀릴 수 있으랴.

1993. 2. 11

법흥사(法興寺)와 소나무들

백덕산(白德山)은 해발 천삼백오십 미터,
곳곳에 암봉과 절벽을 전개하며
면면히 뻗었는데,
그 한 끝인 연화봉(蓮花峰) 형상은
누워있는 사자의 남으로 들린 머리.
(그래서 불가에선
백덕산을 사자산이라고 부른다)
신라 구산선문(九山禪門)의
하나였던 법흥사는
바로 그 사자 머리, 연화봉 아래
폭 파묻혀서 뵈지가 않았다。

처음 시야에 들어온 것은
심우장(尋牛莊)과 극락전 사이
고색창연한 징효대사(澄曉大師) 탑비였다。
탑신의 비문은 몰라보게 마모되고
군데군데 고청(古靑)빛 이끼가 끼었지만,
맑디 맑은 새벽의 기운, 대사의 얼이
대낮인데도 서리어 있었다。

이어서 선원(禪院)과 종각(鐘閣)이 있는 중대(中臺)까지

약 이백 미터 거리를 메운 솔숲!
세상에 이런 풍광도 있었던가.
너무 놀라워서 말이 안 나온다.
수십 미터씩이나 하늘로 곧장 뻗은
적송(赤松)이 수백 그루, 아니 수천 그루.
나무마다 잔가지는 일체 안 보이고
아득한 하늘 높이, 말하자면 무색계(無色界)의
비상비비상처(非想非非想處)쯤에나 이르러야
솔가지를 이리저리 그물처럼 짜고 있다.
그 푸른 그물 새로 보이지 않는
신운(神韻)의 감로(甘露)가 시나브로 내리누나.
솔향이 짙게 배인 그 신비의
영액(靈液)을 마시고도 심신이 정화 안 될,
심안(心眼)이 안 열릴 중생은 없으리.

연화봉 아래
상대(上臺)의 적멸보궁(寂滅寶宮),
그 안의 북쪽 벽은 투명한 유리여서
부처님의 거룩한 진신사리탑과
이 절의 창건주, 저 자장 율사(慈藏律師)의
수도처였다는 토굴이 보였다.
나무석가모니불
나무석가모니불……
스님의 목탁 소리와 함께
그 염불 소리에 이끌려서

나는 어느새
삼배(三拜)의 정례(頂禮)를 올리고 있었다.

귀로에 들어서자
새삼 쌀쌀한 늦가을임을 실감하였지만,
좀처럼 걸음이 떼어지지 않는구나.
특히 솔숲을 떠나자니 그랬다.
나는 거듭거듭 우러러 보고,
뒤돌아보고, 탄식하며, 고개를 끄덕였다.
이 숲에 떠도는 거룩함은 무엇일까.
그것은 하나로 꿰뚫린 진 · 선 · 미(眞 · 善 · 美),
아니 그것을 넘어선 경지라야
비로소 열리는 성(聖) 그 자체,
니르바나 아닐까나. 적멸위락(寂滅爲樂) 아닐까나.
나는 오래오래
이 솔숲을 마음에 간직하리.
이 거룩한 영성(靈性)의 고요,
불멸의 숲을.

1994. 11. 28

태백산 보덕사(太白山 報德寺)

장릉(莊陵)과 이웃하여 보덕사 있는데
만산홍록의 배경은 좋지만
경내 초입에 유치원 건물이 들어서 있다니,
절 맛이 반감한다.
아이들 노는 소릴
새소리쯤으로나 들으라는 뜻일까.
다만 뇌리에 선명한 것은
산신각 안의 산신 탱화 옆
단종(端宗)을 그린 그림.
갓 쓰고 도포 입은
미소년 단종이 수심어린 표정으로
백마 탄 모습인데
충신 추익한(秋益漢)이
머루를 한 소쿠리 진상하고 있다.

1996. 11. 8

공작산 수타사(孔雀山 壽陀寺)

천하대장군과 여장군의 나무 장승
그것이 일주문 대신인 셈일까.
이어서 한참 가니 봉황문(鳳凰門) 나타난다
그건 알고보니 천왕문(天王門)이고.

그 다음은 흥회루(興懷樓), 그 안엔 아름다운
옛 범종과 법고와 목어 있다.
금빛 비로자나 부처님 계신 대적광전(大寂光殿)의
닫집이 특이하다. 아주 화려한 다폿집인데,

열 개의 기둥들을 열 송이 연꽃들이 밑에서 가볍게
떠받들고 있음이여. 두 녹의천녀(綠衣天女)가
봉황에 의지하여 날고 있음이여.

옆 벽엔 지장탱화, 우아하고 정밀하다.
지장보살 오른손의 영롱한 여의보주(如意寶珠),
모든 인연의 시작과 끝은 그 안에 있다.

1996. 9. 26

수타사(壽陀寺)의 가을

공작(孔雀)이 그 너그러운 품 안에
알을 품고 있는 형국이라네
공작산 수타사는. 옥류(玉流) 흐르는
골짜기 따라 안으로 들어가면 비경의 연속……

절 뒤엔 여기저기 잣나무, 신갈나무
밤나무 있는데, 청설모 농간으로
툭, 툭 밤송이 땅 위에 떨어진다.
지금 뜰엔 가을꽃이 한창이다.

코스모스, 맨드라미, 과꽃, 백일홍 등.
대적광전(大寂光殿) 지붕이나 삼성각(三聖閣) 지붕에도
누우런 잡초 우거진 게 운치있네.

심우산방(尋牛山房) 옆엔 오백년 묵은
주목(朱木)이 한 그루 눈길을 끄는데
세 개의 가지가 하나로 얽혀 자라고 있구나.

1996. 9. 26

127

괘방산 낙가사(掛榜山 洛伽寺)

수목 울창한 괘방산 등지고
동해 창파 바라보는,
서울의 정동(正東)쪽에 있다는 낙가사.
영산홍과 불두화, 오동꽃이 한창이네.

역사는 오래지만 당우들은 새 것들.
그 중 크고 당당한 영산전(靈山殿) 안엔
청자로 된 오백나한상이 모셔져 있다.
인간문화재 유근형 옹이 심혈을 기울인 것.

만월보전(滿月寶殿) 앞의 5층석탑만이
고찰임을 증거하는 유일한 유물이다.
탑신엔 아직도 자물쇠모양이 선명도 하이.

임해 사찰 낙가사, 이런 데서 새벽마다
해돋이 바라보며 일일신 우일신(日日新 又日新)의
환희를 거듭거듭 누려보면 좋으리.

1998. 5. 21

다시 가본 백담사(百潭寺)

십여 년 만에 다시 찾는 백담사
의구한 것은 백담의 신비로운 깊음과 푸르름.
둘레에 덜 녹은 눈과 얼음 있어
이마에 찬 기운을 스치게 하는구나.

새로 놓인 돌다리 수심교(修心橋) 지나니
넓은 사역에 여기저기 들어선
당우들 훌륭하다. 만해(卍海)기념관, 교육관, 적선관 등.
만해시비와 흉상도 있음이여.

한말 혼란기에 이곳에서 출가했고
불후의 명작 「님의 침묵」을 이곳에서 썼던 만해,
그는 여전히 침묵으로 사자후하는구나.

고찰 백담사가 이제 기실 만해사로
탈바꿈했다는 건 매우 적절하고 뜻깊은 일.
「님이여 사랑이여 얼음바다에 봄바람이여」

1999. 3. 8

추억의 법주사(法住寺)

구불구불 아슬아슬 말티고개 넘어가니
잘 생긴 정이품송(正二品松), 세조대왕과의
인연을 떠올리며 눈여겨 보았다네.
오리숲 지날 때의 상쾌함이라니.

현재 남아있는 우리 나라 유일의
목조 5층탑, 팔상전은 기막혔네.
그 옆에 서 계신 미륵대불상과
저만치 대웅보전(大雄寶殿) 웅장한 모습도.

그날밤은 드물게 아주 환한 달밤이었거니.
은(銀)실비 같은 달빛에 젖다 못해
홀연 팔상전은 오중(五重)의 날개 펴고,

두둥실 하늘로 한두 자 뜨더니만
다시 제 자리에 내려앉는 것이었네.
시나브로 조용히 내려앉는 것이었네.

1995. 7. 18

석련지(石蓮池) 환상

저 아름다운 연꽃못 뵈시겠지
드높이 솟아 정토에 열려 있지
그 뿌리는 지옥에 박혔어도
연꽃잎이야 한없이 청정해도
어리석은 자에겐 돌로 뵌다면서?
이몸은 어둡기 돌보다 더하면서
정토에 원왕생(願往生) 원왕생하여
이몸의 업장을 맑히기 소원하여
저 연꽃못 둘레를 돌고 돌아
일곱 낮 일곱 밤을 돌고 돌아
지치어 쓰러지면 이슬로 녹아질까
연꽃못 채우는 이슬로 스러질까

註 : 석련지(石蓮池)는 속리산 법주사 경내에 있는 국보 제64호

1966. 7. 30

보개산 각연사(寶蓋山 覺淵寺)

수목 울창한 높은 산들로 사방이 둘러싸인,
하지만 절터는 충분히 넓은 각연사 찾다.
천옥(天獄)의 형국이라 불리는 까닭을 알 만도 하이.
도인이 안 살면 도적이 차지하게 된다는 지세(地勢).

정전인 비로전의 석조 비로자나불좌상을 배알하다.
광배(光背)와 대좌를 온전히 갖춘 신라말 불상.
대좌는 불단에 가려져 안 보이나
하나의 돌로 된 광배가 훌륭하다.

신광(身光)과 두광(頭光)의 안은 당초무늬, 밖은 불꽃무늬가
정교하고 화려하게 새겨져 있는데
여기 저기 가부좌한 작은 화불(化佛)들.

나말 여초의 고승인 통일대사(通一大師),
그분의 부도와 탑비(塔碑)를 못 보고 떠나는 게 아쉽구나.
하긴 어느 고찰이 단번으로 족하랴만.

1995. 9. 30

환희산 채운사(歡喜山 綵雲寺)

심산유곡(深山幽谷)의 노송과 기암괴석, 그리고 청류(淸流)가
어울려 자아내는 절경의 연속일세
화양동(華陽洞) 소금강(小金剛)은。 그 중의 구승(九勝)을
따로 화양구곡이라 부르는데, 그 어중간쯤

환희산 서쪽에 남향해 있는 절이 채운사라네。
대웅전과 삼성각, 요사채가 전부지만
그 둘레엔 운치있는 칠칠한 장송(長松)들과
담쟁이덩굴로 휘덮인 거암(巨岩)들이 유난히 많아라。

앞뜰은 넓어, 포도밭도 있거니와
멀리엔 수려한 도명산(道明山) 암봉이,
가까이엔 첨성대 기암(奇岩) 끝도 보이누나。

하늘이 어찌나 맑고 푸르른지,
만약 누가 아득한 거리에서 이곳을 본다면
필시 '산자수명(山紫水明)' 넉 자로 끝내리라。

1995. 10. 3

구룡산 현암사(九龍山 懸巖寺)

구룡산 서남 중턱 가파른 비탈에
매달려 있는 듯한 절이라 하여 현암사란다.
대청(大淸)댐이 내려다뵈는 길에서 하차하여
철조 백팔계단을 올라가면, 이내 당도한다.

구룡선원 앞에서의 전망은 기막히다.
아름다운 대청호(大淸湖) 전경이 한 눈에!
굽이굽이 길게 감도는 호면에는 기슭의 굴곡이
마치 올망졸망 예쁜 섬들이 꿈꾸고 있는 듯.

용화전(龍華殿) 안에 봉안된 석조 미륵불좌상,
온화하고 원만한 상호에 이끌리다.
미륵불은 아시겠지 현암사 발치에

대청호 생긴 것을. 요즘은 더러
그 호수에 구룡산의 아홉 마리 용이 들어가서
꿈틀거리기도 한다는 것을.

1995. 10. 2

중앙탑(中央塔)
– 중원군 탑평리 칠층석탑

구름 한 점 없는 벽공(碧空)에서 쏟아지는
은싸락 금싸락 햇살이 충만한 곳,
신라 땅 한 가운데 세워진 탑이기에
중앙탑이라네。 남한강 상류 강가,

광활한 벌판에 토단을 높이 쌓고
그 위에 군림하다。 기단부는 넓은데
탑신은 차츰 알맞게 줄어들어
높고도 안정된 7층 거탑이여。

현존하는 신라 석탑 중에서는
최고의 높이 14.5미터。 하지만 내 안의
중앙탑 높이는 수미산보다 높다。

떠나기 아쉬워서 이리 보고, 저리 보고,
뒤돌아 보기 몇 번。 이제 내 안의
중앙탑 위치는 우주의 중심일세。

1995. 10. 24

중원 미륵리 석불입상(中原 彌勒里 石佛立像)

화강암 다섯을 연결하여 미륵입상 조각했음.
머리 위엔 팔각의 납작한 돌이 놓임.
반원형 눈썹 아래 지긋이 감은 눈……
어쩌면 망국한(亡國恨)을 달래고 있는

마의태자(麻衣太子) 모습이 저러하지 않았을까 .
그런데 이상하게 얼굴 부위만
온화인자한 처음의 모습대로 환히 밝음.
그밖은 온통 검푸르죽죽 이끼로 덮였는데.

석불 아랜 고려초의 석등과 석탑이
직선상에 놓여 있고. 다시 그 아랜
거대한 자연석의 거북이 엎뎌 있음.

거북아, 돌거북아, 살아나라, 살아나라.
사람들은 다투어 한 바가지씩 물을 끼얹음.
젖은 돌거북의 고개가 약간 들린 듯도 함.

1995. 10. 26

눈 내리는 날의 미륵리 석불입상

내가 처음 마의태자(麻衣太子) 닮았다는
석불입상 뵈었을 땐
눈이 부시게 푸르른 날이었죠.
지금은 한겨울, 함박눈이 내리네요.

머리 위 돌갓과 목 아래 몸뚱이엔
거무죽죽 말라붙은 이끼가 끼었지만
님의 자애롭고 평화로운 얼굴만은
변함이 없군요. 천고(千古)의 신비.

일행중 젊은이들, 비구와 비구니와
청신녀와 청신남은 이제 온전히
동심(童心)의 세계로 돌아간 모양예요.

서로 뒤섞여, 희희낙락하며, 눈싸움 하는 것이
보기에 좋아요. 부처님도 보시더니
은연중 미소를 띠고 계시네요.

1997. 2. 4

월악산 덕주사(月嶽山 德周寺)

신라 진평왕(眞平王) 때 덕주부인(德周夫人)이 개창했다는
고찰이 덕주사. 그걸 6·25 때
국군이 경솔히 소각해 버렸단다 작선상 이유로.
하지만 보라, 돌축대 높이 쌓고

그 위에 신축된 우람한 대웅보전(大雄寶殿),
전후좌우에 영기(靈氣)를 뿜고 있는
월악산 연봉(月嶽山 連峰)이 굽어보는 승지로세.
순간 그렇다며 처마 끝 풍경소리……

집채만한 자연의 거암과 거암 사이
화강암 다듬어 지붕과 바닥과 북벽을 조성하고
석면(石面)에 양각된 소나무와 호랑이와

지팡이 든 산신을 모셔놓은, 전대미문(前代未聞)의
산신각(山神閣) 앞에서 일행은 경건히 산신제 올리다
희끗희끗 내리는 눈발을 맞아가며.

1997. 2. 4

단호사(丹湖寺)

법당과 요사뿐인 작은 절 단호사,
하지만 법당 안엔 철불좌상이 모셔져 있다.
11세기 고려 초엽의 솜씨. 인자하면서도
근엄한 표정인데, 손가락이 잘려 있다.

경내엔 온통 땅에 기다시피
구부러진 노송이 오백년의 수령을 과시한다.
이제 서서히 용이 되어가는 도중인 것일까.
어쩐지 그 솔껍질에선 비늘 냄새 나기도.

자세히 보니 노송의 그늘 속에
작은 삼층석탑이 있다. 고색에 절은,
훼손된 데도 많은, 이끼 낀 모습.

법당 왼편엔 새로 세워진 백색 미륵입상.
잘 가시오, 또 오시오. 미륵님이 그렇게
말씀하실 리야 없지. 그건 어디까지나 인간의 마음.

1995. 10. 25

천태산 영국사(天台山 寧國寺)

삼재팔난을 아득히 여읜 듯한
오지에 영국사는 편안히 안겨 있다.
우선 거쳐야 할 관문은 삼단폭포. 층층 절벽에
하얗게 걸린 폭포 세 개가 한눈에 들어온다.

그 다음은 가파른 망탑봉(望塔峯)에 올라가야
고고(孤高)한 삼층석탑, 보물을 만져볼 수가 있다.
사방에 펼쳐진 산들의 홍 · 록 · 황(紅 · 綠 · 黃)을
입 벌린 물개 같은 괴석(怪石)도 보고 있다.

세 번째 관문이 은행나무 거목이다
너무 거창하여 기막힐밖엔 없는.
대웅전 앞뜰, 역시 보물인 삼층석탑 살피다가

초층 옥신에 자물통 달린 문비(門扉)를 확인하고,
이 절의 창건주, 원각(圓覺) 국사비 찾아가는 길목인데
느닷없이 푸드득 꿩 두 마리 하늘로 날아가다.

1996. 11. 2

영국사(寧國寺)의 은행나무

몇 해 전 겨울, 내가 처음으로 그대를 보았을 때
나는 압도되어 속으로 소리쳤지, 은행나무 신(神)이라고.
그 검고 헐벗은 무수한 가지들은 지기(地氣)와 천기(天氣)가
은밀히 몸 섞는 곳, 신생(新生)의 예감으로 바르르 떨었었네.

지금은 한가을. 전신(轉身)의 대천재(大天才), 황금의 궁궐이여.
이미 땅 위에 샛노란 분신(分身)들을 절반쯤은 돌렸지만
아직도 충천하는 목숨의 연소, 황홀한 축제여.
그대는 무궁한 목숨을 지녔거니, 하늘 땅 있는 한.

보라, 가지 하나는 밑으로 뻗다가 마침내 땅에
뿌리를 내려, 거기서 자라나는 제2의 은행나무!
「종말은 없다. 시시각각으로 새롭게 시작하라.

그것이 전신(轉身)의 비결이니라」고 ── 누구냐 거기
지금 내게 나직이 속삭이는 자는? 영국사 은행나문
그냥 무심히 하늘하늘 금편(金片)을 떨구고 있을 따름.

1996. 11. 4

보련산 보탑사(寶蓮山 寶塔寺)

보련산 보탑사, 그 이름 그대로
우아하고도 장엄한 3층 목탑
완공된 지도 2년이라는데, 오늘 비로소 찾다.
충북 진천의 으뜸가는 새 명소.

1층의 사방불, 2층의 윤장대(輪藏臺),
3층의 미륵 삼존불 예배하고, 밖의 난간 따라
걸어보니 알겠다. 주변의 산들이
연꽃잎처럼 보탑을 둘러싸고 있다는 것을.

참으로 절묘한 절터로세.
이런 명당자리에 지금까지 한 번도
절이 세워지지 않았다면 이상하지.

예전에 있었어요, 하고 경내의 보물 제404호
고려초에 세워진 백비(白碑)가 소리친다
하지만 앞으로 길이 빛뿜을 절은 보탑사죠.

註 : 白碑는 보탑사 경내에 있는 고려초 석비, 보물 제404호. 비석에 비문이 한 글자도 새
     겨져 있지 않다.

1998. 2. 24

보련산 보탑사(寶蓮山 寶塔寺) 찬미

하늘 아래 제일 큰, 거의 무한대의
청련(青蓮)꽃 활짝 핀 것을 보았는가.
충북 진천에 가보면 안다네.
그윽한 향기 따라 가보면 찾는다네.

청련꽃 화심에서 우뚝 솟은 3층 목탑
겨우 2년 전에 솟았다곤 하지만,
태고(太古)적부터 있어온 보탑 같네.
시방세계 불국토가 하나로 모아져서

솟구치는 그 속에 들어가 보아라.
그 순간 그대의 업장은 소멸하여
심신(心身)이 탈락하리. 광명(光明) 자체 되리.

다시는 다시는 물러날 수 없으리.
오직 절대선(絶對善)만이 충만한 곳이기에
늘 새록새록 기쁨만이 이어지리.

1998. 2. 25

충
남

겨울 마곡사(麻谷寺)

해탈문 거쳐 천왕문 지나니, 벌써 저만치
라마식(式) 오층석탑 앞세운 대광보전(大光寶殿),
또 그 뒤 2층의 대웅보전(大雄寶殿)이 시야에 든다.
녹음과 새소리로 우거져 있어야 할

고목(古木)들이 겨울이매 뼈까지 드러냈네.
하나 그 아래 흐르는 시냇물은
너무 맑구나. 명필 강세황(姜世晃)의 '大光寶殿' 넉 자도
너무 아름다워 심안(心眼)이 씻기운다.

고청(古靑)빛 법당 안의 비로자나 부처님은
또 얼마나 숭엄한 자태인가. 그 금빛 자비
광명에 꿰뚫리면 심신(心身)이 탈락하리.

응진전 앞의 기묘한 소나무,
앉은뱅이 소나무의 땅으로 퍼진 녹색(綠色),
그 솔잎솔잎에 나는 철없이 입맞추고 싶구나.

1995. 1. 28

마곡사 대웅보전(麻谷寺 大雄寶殿)

조선 중기 목조건물, 마곡사 대웅보전,
밖에선 2층이나 내부는 1층,
그래서 천정은 엄청 높다네.
네 개의 우람한 기둥도 있다네.

세 분의 금빛 부처님을 모셨는데
고풍(古風)의 후불탱화 가운데쯤에
2층 문틈으로 비껴든 햇살이
길게 옆으로 빛살띠를 이루었네.

한아름을 실히 넘는 굵은 기둥들의
가슴 높이 둘레엔 손때가 반질반질,
그리고 약간 파인 듯한데,

나무 기둥 얼싸안고 한바퀴 돌 때마다
수명이 6년 연장된다는 속신(俗信) 때문이네.
나무결은 금 갔으나, 금석(金石)보다 단단했네.

1995. 1. 30

마곡사(麻谷寺) 법당(法堂)의 참나무 자리

고찰 마곡사 대광보전(大光寶殿) 안엔
참나무 각편(刻片)으로 정교하게 짠
자리가 깔려 있어, 둘레의 숭엄한
고풍(古風)의 분위기와 잘도 어울린다.

하마 백 수십년 전 어떤 앉은뱅이가
백일에 걸쳐 자리를 짜면서
비로자나불에게 이렇게 기도했다.
부처님 부처님 비나이다 비나이다

정성을 다해 심혈을 기울여서
참나무 자리를 짜올리겠사오니
저의 불구를 고치어 주옵소서

일을 끝내자 기적이 일어났다.
그는 슬금슬금 다리를 펴더니
절로절로 법당 문을 열고 나갔다.

1995. 1. 25

갑사(甲寺)와 다래

어렸을 때 할아버지 서재에 들어가면
곧잘 주시던 달콤한 다래. 그 뒤
60년의 세월이 지난 지금 갑사 초입에서
시골 아낙네가 다래를 팔기에 한 접시 사다.

갑사는 초행이나 낯설지 않구나
나의 미각이 곧 유년(幼年)의 다래맛을 되살리듯
'鷄龍甲寺'의 현판이 저만치 시야에 들어오자
전에 언젠가 이곳에 한번 와봤던 것만 같다.

단청이 탈락된 낡은 대적전(大寂殿)이 오히려 돋보인다.
그 옆 돌담 안 승당(僧堂)에는 인기척이 없다.
스님이 홀로 선정(禪定)삼매에 드신 게 아닐까.

귀로에 다시 다래를 찾았으나
다 팔리고 없단다. 어쩌리, 내겐 아직,
다래술 담가 마실 인연이 못 미침을.

1993. 10. 11

계룡산 동학사(鷄龍山 東鶴寺)

계룡산 기슭 옥류(玉流) 흐르는 계곡가 동학사,
가장 유서깊은 비구니 승가대학.
오랜 불사가 마무리되매
면목을 일신하다. 대가람 되다.

대웅전 앞뜰엔 옛 삼층석탑,
더러는 결실되고 훼손된 모습이나
초층에 양각된 자물쇠 모양은
이렇게 말하는 듯, 동학사는 고찰예요.

한편 동학사엔 민족사를 꿰뚫는
충의절신(忠義節臣)들의 살신성인(殺身成仁) 정신이 기려지고 있나니
동계사·삼은각·숙모전이 그것.

미상불 조국통일 기도도량답구나야.
비구니들의 알뜰한 정성과 공부는 쌓여
마침내 이 땅을 불국토 되게 정화할 것이리라.

1996. 10. 18

계룡산 신원사(鷄龍山 新元寺)

일주문도 천왕문도 거치지 않았는데
홀연 신원사는 벽공(碧空)에서 하강한 듯
또는 땅에서 소리없이 용출한 듯.
목탁 소리 은은한 대웅전 중심으로

빛뿜고 있구나. 훤칠한 잔디 위에
여유있는 가람 배치. 티끌 하나 묻지 않은
고요와 청정(淸淨). 뜰 아래 국제선원도 또한
한적하고 호젓하기 이를 데 없다.

계룡산 신위(神位) 모신 중악단(中嶽壇) 참배하니
왜 이곳이 전국에서 으뜸가는
산신기도도량인지 알 만하구나.

소나무 아래 붉은 도포 입고
호랑이 거느린 산신의 화상은
점잖고 기품(氣品)있는 고사(高士)의 모습이네.

1996. 10. 18

성주사지(聖住寺址)

산세는 유순하나 수목은 울창한
성주산은 알까나, 노송들은 알까나。
백제 때 창건된 오합사가 성주사로,
통일신라 때 거찰로 중창된 걸。

성주산문(聖住山門)의 개조인 낭혜(朗慧) 화상
89세에 좌탈(坐脫)하기까지 이곳에 계실 때엔
수도승들이 어찌나 많았던지 쌀 씻은 뜨물물이
성주천 따라 10리나 흘러내렸던 일을。

하지만 지금은 넓은 절터에 석탑 몇 기와
잡초와 주춧돌과 낭혜 화상 탑비만 남았구나。
고운(孤雲) 최치원(崔致遠)의 비문만 남았구나。

임진왜란에만 탓을 돌려 무엇하랴。
무주(無住)와 무염(無染)을 염원했던 낭혜 화상
지금 그분은 맑은 바람 되어 이곳을 지나가네。

1995. 6. 11

만수산 무량사(萬壽山 無量寺)

만수산 무량사 극락전 아미타불
하니 그대로 완벽한 일행시(一行詩)죠.
진언(眞言)을 외우듯 입 밖에 소리내며
경내를 한 바퀴 돌고 싶더군요.

영산전(靈山殿) 앞뜰엔, 무진무진 피어있는
탐스러운 수국 더미, 보랏빛 극락 더미.
밑둥은 하나인데 스물두 개의
가지로 퍼진 희한한 소나무도.

산신각(山神閣) 안에 쓸쓸히 걸려 있는
매월당(梅月堂)의 자화상, (도난을 당할
우려도 있으니, 다른 곳에 모셨으면)

나오다가 우연히 으름덩굴 발견하고
새삼 만수산의 깊음을 알았지요
으름은 채 무르익지 않았지만.

1990. 12. 28

정림사지 오층석탑(定林寺址 五層石塔)

백제 탑의 원형이자 극치를 아시는가.
부여 정림사지 오층석탑 가 보시라.
한국 탑의 걸작 열을 들라면
이 오층석탑을 빼놓을 수 없으리.

백제의 멸망처럼 목조 당우들은
재 되고 말았지만, 텅 빈 풀밭에
의연히 남아 있는, 살뜰히 서 있는
이끼 긴 석탑이여, 탑 중의 고전(古典)이여.

너의 완벽한 균형과 조화미는
이몸을 탈혼의 경지로 이끌어서
심신이 무화(無化)된 투명한 그 자리에,

너는 더욱 극명히 본래의 모습,
날아갈듯 부동하는 존재를 드러낸다.
오오, 그것은 지금도 살아있는 백제혼의 구조(構造).

1995. 7. 10

부소산 고란사(扶蘇山 皐蘭寺)

부소산 서북 백마강 굽이치는
드높은 절벽 위에 백화정(白花亭) 있어라.
거기서 낙화(落花)인 양 몸 던진 삼천궁녀……
백제는 멸했어도 산하(山河)는 남아 있네.

인법당과 종각뿐인
고란사도 남아 있네. 고란사 현판은
해강(海崗)의 달필이나, 그 옆엔 18세
소년의 글씨인 '眞空妙有' 넉 자도.

절 뒤 석간수가 유명한 고란 약수,
왕이 그 물을 길어다 마셨단다.
그런데 고란은 한 뿌리도 안 남았네.

백마강 굽어보는 종각의 범종이여.
네가 울면 만발한 산벚꽃이 질까보아
너는 지금 침묵을 지키고 있는 걸까.

1997. 4. 20

태화산 광덕사(泰和山 廣德寺)

광덕사 가는 길의 정겨운 시골 풍경,
호도나무 많은 것이 눈길을 끄는구나.
일주문 전면엔 태화산 광덕사(泰和山 廣德寺),
일주문 뒷면엔 호서제일선원(湖西第一禪院).

돌기둥을 해서 세운 이층의 보화루(普化樓),
그 앞엔 호도나무 거목이 울창하다.
수령 400년에 높이 20미터 나무둘레 4. 1미터,
이런 나무 있는데 광덕사 안 좋으랴。

녹음의 터널, 화장교(華藏橋) 지나니 바로 천불전(千佛殿),
비로자나본존불 협시론 특이하게 가섭과 아난
두 존자가 합장하고 서 있는데,

그 뒤엔 각기 비단에 치밀하게
그려진 천불탱화, 고색이 창연하다.
새 건물이긴 해도 범종각(梵鍾閣)도 운치있다.

1995. 7. 9

태조산 각원사(太祖山 覺願寺)

일찍이 고려 태조 후삼국 통일을
기원하고 기병(起兵)한 곳, 태조산 인연터에
이 절 창건주(創建主)는 남북통일을 염원하는 기도처,
호국대가람 세우기를 서원했다.

하여 각원사는 아직도 미완(未完)이나,
광활한 사역에 이미 세워놓은 당우만으로도
너무도 당당하다. 금세기에 이룩된
대규모 불사로 꼽을 만하다.

더구나 아미타 청동대불좌상은
그야말로 끝내준다. 태조산 능선을
어깨높이 둘레에 병풍처럼 둘러쳤네.

청산의 진초록과 청동의 연초록이
그렇게 잘 어울릴 수가 없다.
누가 이곳에서 감히 탐진치 삼독심(三毒心)을 품으랴.

1995. 7. 9

은석산 은석사(銀石山 銀石寺)

일년 내내 마르지 않는다는 맑은 계류(溪流) 따라
쉬엄쉬엄 올라가는 오솔길이 너무 좋다.
드디어 저만치 녹음 속 은석사는 인법당 한 채,
보광전(普光殿)이라는 현판이 걸려 있다.

그 안의 황금빛 석존 좌상은
조선시대 초기 목불(木佛). 이 절의 한적하고
소박한 분위기를 부처님도 즐기고 계실지 몰라.
앞뜰엔 엄청 큰 팽나무 한 그루.

산신각(山神閣) 문을 열었을 때다. 적이 놀라다.
홍안백발의 산신은 호랑이와 동자 말고도
여의주 문 용(龍)을 한 마리 거느리고 계시기에.

가파른 뒷길로 올라가기 삼백 미터,
어사(御使) 박문수(朴文秀)의 무덤이 있다. 미상불 명당자리.
와보길 잘 했다는 느낌이 드느구나.

1998. 9. 28

학성산 인취사(鶴城山 仁萃寺)

인취사란 사랑이 모아진 절의 뜻.
사랑이 어디에 모아졌단 말인가.
우선 극락전(極樂殿)의 아미타삼존상에,
더없이 온화하고 인자한 상호에.

다음은 이 절의 독특한 석축 아래
연못이 될 터. 아직 일렀는지,
온통 무성한 초록의 연잎 바다
그 위에 활짝 핀 백련(白蓮)은 한 송이뿐.

문득 스님 방의 세계일화(世界一花)라는
글씨가 떠오른다. 스님의 이런 말씀과 함께.
「저는 이 절이 마음에 듭니다.

심산유곡 같은 호젓함이 있거든요」
스님은 미상불 극락을 누리고 있는 듯하다.
물 좋고, 공기 좋고, 꽃 좋은 인취사여.

1995. 7. 8

덕숭산 수덕사(德崇山 修德寺)

백제 위덕왕대에 세워진 고찰,
최근세에는 꺼져가던 민족정기의 고취자,
대(大) 선지식, 만공(滿空) 선사 주석처로
수덕사 모를 사람은 없으리.

중창불사로 어수선하긴 해도,
수덕사의 핵심인 대웅전은 끄떡없다.
가장 오래된 목조 건축물 셋 중의 하나답게
대뜸 보는 이의 심혼(心魂)을 뒤흔드네.

그만 반갑고 기쁘고 고마워서
대웅전 해묵은 기둥을 만졌더니
깜짝 놀라겠다, 그 더없이 부드러운 감촉에.

그 탈색한, 주름진 기둥의 부드러운 살갗에서
나는 깨닫나니 살아서 숨쉬는 이 땅의 전통문화,
생명의 진수에는 늙음이 없다는 걸.

1995. 8. 13

금오산 향천사(金烏山 香泉寺)

본당인 극락전, 그 배후의 장송(長松)들 보아라.
우선 그것만으로도 더없이 흡족하리.
뜰 좌우에는 동선당(東禪堂)과 서선당(西禪堂)이.
극락전 옆엔 나한전 있는데,

그 앞엔 고풍의 9층석탑 있구나
이 절의 유구한 역사를 말해주는.
더러 많이 훼손된 상태지만
의연히 서 있는 모습이 장하여라.

천불전(千佛殿) 안을 어렵게 참배하다.
천오백도 더 되는 동안(童顔)의 부처님들
「부처 되는 일 어려운 게 아니라구」

드물게 좋은 한적한 수선도량
느낌을 되새기며 향천수 떠 마시다
천상의 감로수가 지상에 옮겨진 듯.

1997. 4. 20

칠갑산 장곡사(七甲山 長谷寺)

칠갑산 품에 울창한 산림으로
폭 둘러싸인, 고요와 탈속의 고찰 장곡사.
먼저 하(下) 대웅전 금동약사여래좌상을 배알하다.
「걱정 말게나 내 그대의 병을 고쳐주리」

상(上) 대웅전엔 철조 약사여래좌상이 있는데
방형의 크고 잘 다음어진 석대좌(石臺座)도 훌륭하다.
목조 광배(光背) 또한 신라 때의 것일는지.
대웅전이라면서 왜 약사여래가 모셔져 있는지.

절 입구의 몹시 낡은 통나무 그릇과
종무소 안에 있는 코끼리 가죽 법고,
귀로에 거듭 눈여겨 보다.

길 가엔 어디나 물봉선화와
달기풀이 한창이다. 맑은 골짜기 물
그 속엔 살찐 송사리도 많구나야.

1995. 9. 17

상왕산 개심사(象王山 開心寺)

충남 가야산의 수봉인 원효봉,
그 북쪽으로 뻗어내린 지맥(支脈)인
상왕산(象王山) 남쪽 중턱
울창한 숲으로
폭 감싸인 양명한 터에
백제말 고찰(古刹),
개심사(開心寺)는 있어라.

진입로 초입엔
양켠에 이끼 낀 자연석이 놓였는데
왼쪽 돌엔 세심동(洗心洞) 석 자가
오른쪽 돌엔 개심사 입구(開心寺 入口)라 새겨져 있네.
골짜기 따라
완만하게 구부러진, 혹은 급경사로
올라가는 오름길.
군데군데 자연스레
다듬어진 돌계단엔
만든 이의 정성이 구석구석 스며 있다.
무엇보다 놀라운 건
오름길 양쪽에 끝없이 전개되는
춤추는 홍송(紅松)들.

용(龍)의 비늘 닮은 껍질을 드러내며
길게 구불구불
혹은 비스듬히
하늘을 향해 서 있는 장송(長松)들.
무질서의 질서인가.
산란(散亂)의 미학(美學)인가.
소나무는 제멋대로 자유를 구가하되
균형과 조화를 이루고 있구나.
들리노니 물소리 새소리뿐이로다.
아니, 그리고 솔바람 소리……
그러자 나의 또 하나 다른 귀엔
영묘(靈妙) 그지없는
거문고 산조(散調)가 들리기 시작한다.
그것은 홍송(紅松)들이 저마다 비장의
거문고 뜯는 소리。
일제히 싱그러운 솔향을 뿜으며
일제히 우줄우줄 춤추는 소리。
하늘 땅 소나무가 하나로 꿰뚫리는
오묘한 합주(合奏)로다。

그 합주 끝나자
홀연 눈 앞엔 새로운 선경(仙境)이
열려 있음이여。
큰 장방형 연못이 있는데
그 위엔 외나무 다리가 있고,

연못엔 녹색의 연잎들 사이로
비단잉어 헤엄친다.
다리 건너 기슭엔
목백일홍(木百日紅) 거목이
잔 가지를 사방팔방으로 뻗고 있어
바야흐로 홍색(紅色)의 꽃구름을 이루다.
목백일홍 핀 것을
처음 본다는 동행(同行)인 조환수(趙煥秀)는
나보다 더 신나는 모양인지
감탄을 연발하며
사진을 이모저모 여러 장 찍다.

이 절의 얼굴로
먼저 다가선 당우는 안양루(安養樓).
정면 다섯 칸의 길다란 단층이다.
'象王山 開心寺'
이런 대자(大字) 현판이 압도해 오는구나.
해강 김규진(金圭鎭)의 독특한 글씨.
그 힘있는 대자(大字)를 보노라면
이미 열려 있는 마음일지라도
더욱 더 크게 열리게 마련.

안양루 옆에 붙은
해탈문(解脫門) 들어서니 아늑한 안마당이.
전면 기단 위의 대웅보전(大雄寶殿)은

성종 15년에 중창된 건물인데
그 단아한 품위가 돋보이는
맞배지붕의 주심포계 다폿집.
그 앞엔 5층석탑이 있다.
양쪽엔 요사채인
심검당(尋劍堂)과 무량수각(無量壽閣)。
특히 심검당에 이어서 지은
부엌채를 살펴건대
문기둥이나 문지방이
멋대로 휘어뻗은 자연목의 운치를
어찌나 잘 살려낸 것인지
절로 탄성을 지르게 된다.
옛 무명(無名) 목수의 마음이 그립다.
그 꾸밈없는 소박한 마음이。
보니 범종각(梵鍾閣) 또한 예외가 아니다.
구부정하게 휘어진 기둥들이
지붕의 하중을 훌륭하게 견디고 있구나.

대웅보전 옆뜰에는
때마침 여러 그루 모란꽃나무들이
까맣게 영근 팥알만한 씨앗들을,
흑보석(黑寶石) 같은, 우리로선 처음 보는,
윤기나는 씨앗들을 드러내놓고 있어
우리는 그것들을 열심히 따모으다.
둘 다 기념으로 갖고 갈 생각을

동시에 했던 모양.

무량수각(無量壽閣) 주련에서
문득 이런 구절이 눈에 띄다.
염도염궁무념처(念到念窮無念處)
육문상방자금광(六門常放紫金光)

산신각(山神閣) 지나
좀더 안으로 깊숙이 올라가면
부도가 있다기에,
가보니 정말
모양을 달리 하는
네 개의 고색(古色)어린 부도가 나란히
의좋게 서 있구나.
그들은 서로
늘 말 없는 말을 주고 받고
있는 게 아닐까나.
아니, 실은 그럴 필요도 없기에
그냥 있는 그대로
바람 비 눈 서리로,
찬란한 햇빛으로,
돌로, 구름으로 있는 게 아닐까나.

1995. 9. 19

서산 마애삼존불상(瑞山 磨崖三尊佛像)

충남 서산군 운산면 용현리(忠南 瑞山郡 雲山面 龍賢里)
인적이 끊인, 산중에 깎아지른
거암(巨岩)이 있어, 그 동면(東面)에
삼존불상(三尊佛像) 새겨지다.
천 수백년 전 백제 말엽의 일.

그것이 1959년에 우연히 발견되다.
오랜 망각의 세월에도 불구하고,
삼존상은 여전히
그 처음의 백제의 미소를
간직하고 있다. 마치 기적처럼.

중앙의 본존불은 연꽃자리 위에
정면을 바라보며 당당히 서 계시다.
여원시무외(與願施無畏)의 수인(手印)을 보이시다.
「두려워 말라 그대의 간절한
소원을 들어주리」 그런 무언의
말씀을 하시는 듯, 도톰한 입술은
굳이 다물려 있다기보다
가볍게 미소를 머금고 있다.
도시 미소를 머금고 있지 않은

부분이 없구나. 크게 뜨신 두 눈도,
눈썹도, 코도, 원만한 두 볼도,
복스런 턱도. 아아 이렇듯
만면에 쾌활한, 밝은 웃음을
머금고 계신 부처님이 있었던가.
법의(法衣)는 통견(通肩)이고 소발(素髮)의 머리 위엔
낮은 육계 있네. 보주형(寶珠形) 광배(光背)의
안은 연꽃무늬, 밖은 불꽃무늬가
양각되어 있네. 그리고 보니
'불 속의 연꽃' 이란 말의 뜻을
지금 분명히 확인할 수 있음이여.

좌우협시보살에는
그 머리둘레에 연꽃무늬 돌린
두광(頭光)은 있어도,
불꽃무늬는 보이지 않는구나.

날씬한 몸매의 왼쪽 보살은
보관(寶冠)을 쓰고 상반신은 나형(裸形)이다.
연꽃자리 위에 꿈처럼 서 계시다.
두 손은 앞에 모아 보주(寶珠)를 잡으시다.
천의(天衣)는 두 팔에서 길게 흘러내려
하늘하늘 맨발의 발등을 덮다.
보살의 미소를 뭐라고 표현할까.
이런 표정은 누구나 한두 번
만나본 경험이 있을 듯싶구나.

짧거나 길거나 인생을 사는 동안,
언젠가 어디선가……
그러자 이런 말씀이 들려온다.
「나는 알아요 당신이 방금
생각하고 있는 것을」
보살의 미소는 이렇듯 친근하다.
그러면서도 그윽하고 부드럽다.
연꽃처럼 향기롭다.

오른쪽 반가상의 보살은 마치
천진무구한 아기처럼 귀엽구나.
역시 보관(寶冠) 쓰고 상반신은 나형(裸形)이다.
관대(冠帶)와 보발(寶髮)이 길게 드리우다.
하지만 여느 사유상처럼
고개를 다소곳이 숙인 게 아니라
오히려 들고 있다.
다만 가늘게 실눈을 뜬 것과
만면에 떠도는 미소를 보건대
더없이 흡족한 황홀의 표정이다.

정말 기막히게 아름다운 삼존불상(三尊佛像).
저마다 독특한 미소를 지니면서
하나의 조화를 이루고 있구나.
좌우협시보살의 미소는 결국
본존불 미소를 돋보이게 한다고 여겨진다.
본존불 미소는 미상불 밝고

쾌활한 미소임에 틀림이 없지만,
그것을 안에서 받쳐주고 있는 것은
다름아닌 부처님의 지혜와 자비.

그런데 나는
왜 지금까지 이곳엘 못 왔을까
왜 감쪽같이 모르고 지냈을까
이 땅에 이런 미소가 있었음을,
이 땅에 이런 미소가 있음을,
이 땅에 이런 미소가 있을 것을.

이 미소는 영겁의 축복이다.
이 미소는 불멸의 것이기에
이 땅은 이미 알뜰히 축복 받은,
빛뿜는 나라임을 믿어도 좋으리.
이 땅의 고난과 분단의 비극은
한낱 악몽의 시련이자
물거품이란 것을
이제 우리는 믿어도 좋으리.

1995년 9월 14일,
서산 마애삼존불상 체험으로
나는 더욱 확고한 낙천가 되다.
희망의 화신(化身) 되다.

1995. 9. 26

보원사지(普願寺址)

마애삼존불상에서 멀지 않은 곳에
보원사지 있다. 잡초 우거진 광활한 벌판,
눈에 띄는 것이라곤 당간지주와 석탑과 석조(石槽),
그리고 법인국사보승탑(法印國師寶乘塔)과 보승탑비.

목조(木造)는 타버리고 석조물만 남았구나.
통일신라시대의 돌, 당간지주 살피니
온갖 이끼 전시회 같다. 마른 이끼, 습한 이끼,
고청(古靑)빛 이끼, 흰 이끼, 검은 이끼……

고풍(古風)에 절은 오층석탑과 탑비 등도
마음에 파고드나, 희한한 것은 높이 1미터,
길이가 3.5미터나 되는 장방형 석조(石槽).

사라진 대가람, 보원사여, 보원사여,
그대가 증거하는 제행무상인(諸行無常印)을 가슴에 되새기며
묵묵히 해저문 벌판을 서성이다.

1995. 9. 27

은진미륵찬(恩津彌勒讚)

이 나라 최대의 석불인 은진미륵,
한쪽 눈의 길이만도 2미터가 되는
큰 두 눈을 똑바로 뜨신 채
당신은 즈믄 해를 한결같이 서 계셔요.

당신의 키는 반야산보다 높고
그 눈빛은 멀리 아득한 중국에 닿으매
고승이 찾아와 예불을 드렸다죠.
절 이름은 그래서 관촉사(灌燭寺)가 되고.

당신이 눈을 한번 감았다 떠야
56억 7천만년은 지나가서,
꿈처럼 사라져서, 거품처럼 꺼져서

홀연 이 땅은 용화세계(龍華世界) 될 터인데,
삼천대천세계(三千大千世界)는 일화(一花)가 될 터인데.
당신은 오늘도 침묵으로 답할 따름.

1995. 10. 20

천호산 개태사(天護山 開泰寺)

고려 태조 왕건(王建)이 후삼국 통일을
기념하여 세운 절, 대가람 개태사는
즈믄 해의 파란만장을 겪다가
겨우 구사일생(九死一生)을 얻고 있음.

위안이 되는 것은 수백년 동안
땅 속에 매몰됐던 석조 미륵삼존상이
용화대보궁(龍華大寶宮)에 모셔져 있는 일.
그 압도적 위용에 감복됨.

창운각(創運閣)이란 현판에 이끌리어
보니 그 안엔 단군성조(檀君聖祖)가 모셔져 있음.
좌우엔 천부경(天符經)과 백두산 천지(天池)도.

또 하나 이목을 끄는 것은
3000명 분의 국을 끓였다는 거대한 가마솥.
지금은 사람들의 기우(祈雨)와 기복 대상이라 함.

1995. 10. 21

개태사지(開泰寺址) 가마솥

고려왕실에서 기증했다는 개태사지 가마솥.
3000명분의 국을 끓였다는 거대한 무쇠솥.
일제(日帝) 때 어느 간(肝) 큰 왜놈이
그걸 일본으로 가지고 가려고

기차에 실으려는 찰나였다.
갑자기 솥에서 뇌성벽력의 노성(怒聲)이 터졌다.
왜놈은 혼비백산, 간이 콩알만해졌다고 한다.
그 뒤 서울 박람회에 군수가 솥을

출품하였는데 솥이 그곳에 눌러 있게 되자
연산(連山)에는 재난이 생겼다. 극심한 가뭄으로
인심이 흉흉했다. 가마솥을 돌려달라!

마침내 가마솥이 원위치 향해
기차에 몸을 싣고 막 연산역에 닿았을 때다.
이 땅은 8 · 15 광복을 맞았단다.

1995. 10. 23

진락산 보석사(進樂山 寶石寺)

보석사 진입로엔 아름드리 전나무들
죽죽 솟아 있네. 우선 눈길 끄는 것이
의병승장비(義兵僧將碑). 일제(日帝) 때 왜인이
자획을 까뭉기고 땅 속에 묻었던 것.

이윽고 눈길은 거대한 은행나무, 그 압도적
자태에 쏠리다. 조구(祖丘) 화상이 제자 5인과
심은 6본(本)이 엉겨붙은 것이란다. 나라에 큰
이변이 있을 때엔 24시간 운다는 나무.

기허당(騎虛堂) 안엔 영규(靈圭) 대사 진영이 모셔져 있네.
대사는 왜적의 침략을 예견하고
매일 진락산에서 몽둥이를 마련해 왔다더니.

의병대장 조헌(趙憲)과 합세해 싸우다가
순국한 대사여. 당시 이 절의 은행나무 거수(巨樹)는
또 얼마나 슬프게 떨었을까. 세차게 울었을까.

1995. 12. 19

대둔산 태고사(大芚山 太古寺)

낙조대(落照臺)에서 일출 일몰 바라보며
숫구치는 환희심에 사흘 동안 춤추다가
원효는 명당에 태고사 세웠건만
그 좋은 절도 여러 번 잿더미로。

오늘날 절은 다행히 면목을 일신해 가고 있다。
무려 오십 년을 이곳에 주석해온
도천(道川) 선사의 헌신적 노력으로。
낮밤을 안 가리는 노선일여(勞禪一如) 정신으로。

관음전에서 노선사(老禪師)를 친견하다。
비록 목소리는 많이 쇠했지만
꼬장꼬장한 깡마른 체구에 눈빛은 형형하다。

순간 웬일로 이 절의 자연적 일주문인
석문(石門)이 떠오르다。우암 송시열(宋時烈)의
결곡한 두 글자가 새겨져 있는。

1998. 6. 3

불국사 찬가(佛國寺 讚歌)

청운교 백운교 사뿐히 밟고 올라
자하문 통해 불국토에 들까나
연화교 칠보교 사뿐히 밟고 올라
안양문 통해 극락정토 들까나

다보탑 돌고돌아 합장하고 돌고돌아
심신이 탈락하면 다보여래 뵈오리
석가탑 돌고돌아 합장하고 돌고돌아
심신이 탈락하면 석가여래 뵈오리

동국제일가람 불국사 둘레엔
키 크고 잘 생긴 이 땅의 소나무들
국보사찰 지키려고 늘 깨어 있네

하늘 · 땅 · 사람이 합심해 이룩한
불멸의 보배로다 예술의 극치
길이길이 빛내세 세계의 자랑

1995. 5. 20

석굴암 대불(石窟庵 大佛)

님을 저만치 우러러뵙자마자 그냥 선 채로
탈혼(脫魂)이 안 된다면, 한국인이 아니리라.
어느덧 공손히 두 손이 모아지고,
정례(頂禮)를 올리고 싶어지지 않는다면,

불자(佛子)가 아니리라. 오오 모든 존재의 근원이여.
궁극의 인간이여. 시공 속에 계시면서
시공을 초월한 님의 침묵에서
대사자후를 듣지 못한다면, 시인이 아니리라.

누가 님을 감히 돌로 만든 것이라 하랴.
어떠한 꽃도 님만큼은 아름답지 못하거늘.
어떠한 보석도 님만큼은 눈부시지 못하거늘.

님은 우리에게 무량의 광명이요,
힘이자 긍지이고, 꿈이자 희망임을
우리는 믿나이다 굳게 믿나이다.

1995. 5. 22

불국사(佛國寺)와 석굴암(石窟庵)

불국사 뒤엔 토함산 있고
토함산 높은 곳엔 석굴암 있고
그 안엔 이 땅에서
가장 잘 생긴 대불(大佛)이 계시지요.

온 누리가 칠흑의 어둠에 휩싸일 때도
불국사는 환합니다. 석굴암 가는 길도
불가사의한 조명(照明) 속에 떠오르고
석굴암 안은 대낮보다 부십니다.

대불의 자비광명, 신광(身光)과 두광(頭光)이
석굴암 안을 채우고 있거니와
특히 미간에서 뿜는 백호광(白毫光)은

멀리 동해의 수평선 위로 높이
붉은 해를 떠오르게 만듭니다.
꽃과 보석으로 온 누리를 장엄케 합니다.

1996. 12. 2

불국사 설경(佛國寺 雪景)

흰 눈 쌓이매 청송(靑松)은 백송(白松) 되고
불국사(佛國寺)는 설국사(雪國寺)로.
너무 고요하고 청정한 까닭에
그 설경 속으로는 들어갈 수가 없다.

돌장승처럼 이만치 서서
바라보는 것만으로 만족할밖에.
원컨대 다시 함박눈이 내렸으면.
그러자 엄청 함박눈이 내리누나.

청운교도 백운교도 다보탑도 석가탑도
사라지고 없음이여. 모든 그림자는
깨끗이 지워지고, 설백일색(雪白一色)일세.

하늘은 땅 되고 땅은 하늘 되어
세계는 크나큰 한 송이 백화(白花)일 뿐.
그 화심(花心) 속 부처님도 지금은 눈부신 백금(白金)빛.

1996. 12. 1

함월산 기림사(含月山 祇林寺)

신령스러운 거북이 물 마시는 형국의 함월산,
그 아래 조용하고 광활한 터에
기림사는 자리잡다. 유서깊은 대가람.
천왕문 들어서니 진남루(鎭南樓) 나타나고

진남루 돌아드니 대적광전(大寂光殿)의 장대하고 장중한
고풍(古風)이 다가선다. 단청이 바래야
비로소 나타나는 고색(古色)의 기품과 친근한 느낌은
응진전이나 약사전도 마찬가지.

하지만 청태(青苔) 낀 석탑 옆의 소나무나
무성한 보리수는 이렇게 속삭인다.
생명이란 자고로 푸르른 게 아니더냐.

공교롭게 우중(雨中)이라 유물관이 닫혀 있어
그 숱한 보물들을 볼 길이 없다.
그 유명한 건칠(乾漆)보살좌상만은 꼭 보고 싶었는데.

1995. 5. 20

분황사(芬皇寺)

분황사, 분황사! 한때 자장과
원효가 주석했던 유서깊은 고찰(古刹)인데
남아 있는 것이라곤 모전석탑과
화쟁국사비편(和諍國師碑片) 그리고 삼룡변어정(三龍變魚井)뿐이로다.

결국 석조물(石造物)만 남게 되는 모양,
우물 외부의 팔각은 이른바 팔정도(八正道) 뜻하고
내부의 원형은 원불(圓佛)의 진리를 상징한 것.
일찍이 우물엔 세 마리 호국룡이 살고 있었는데

당나라 사신이 그것을 세 마리 물고기로 바꾸어서
가지고 가려던 걸 되찾아 도로
우물 안에 넣었기에 삼룡변어정이라고 부른다나.

석탑 기단 네 모에는 내륙을 향한 곳에
돌사자 두 마리와 동해쪽엔 두 마리
돌물개 있으니, 그 뜻을 알 만하이.

1998. 1. 6

황룡사지(皇龍寺址)

아아 이처럼 광활한 터에 황룡사는 있었구나.
신라 제일가람, 아니 동양에서도 최대의 사원,
4대왕에 걸쳐 93년 만에 완공된 거찰이.
어디로 꺼졌느뇨? 그 찬란했던 금동장륙상과

뭇 당우들, 높이 80미터의 거대한 구층목탑……
벽공(碧空)인들, 사방의 진산(鎭山)인들 어찌 그걸 알아내랴?
다만 완벽하게 남아있는 초석들, 그것도 매우
질서정연하게 남아있는 초석들은 알지도 모르겠네.

그것들은 아직도 복원(復元)의 꿈을 버리지 못하고
무심히 허공 중을 떠돌고 있음을. 그렇다, 신라는
결코 사라진 옛 꿈이 아니다.

그것은 오히려 앞으로 다가올 찬란한 우리 미래.
초석들만이라도 남아있다는 것은 기실 얼마나
기쁘고 고맙고 다행한 일이냐.

1998. 1. 7

소금강산 백률사(小金剛山 栢栗寺)

순교자 이차돈(異次頓), 그의 목을 베었더니
젖빛 같은 흰 피가 솟구쳤다는 고사(故事)를 아시죠.
그를 기려서 세운 절이 백률사,
삼국유사(三國遺事)에도 올라있는 고찰예요.

그 초입에 굴불사지 사면석불(掘佛寺址 四面石佛)이 있어요.
경덕왕(景德王)이 백률사 가려고 이곳을 지나는데
땅 속에서 '나무아미타불' 소리가 들렸대요.
그래 파봤더니 사면석불이 나왔다지 뭡니까.

그때 세웠다는 굴불사(掘佛寺)는 없어지고, 사면석불만
덩그렁 남아 있죠. 공교롭게 우중(雨中)이라
나는 우산 쓰고 사진을 여러 장 찍었습니다.

영험이 많았다는 백률사 금동약사여래입상,
그것이 지금은 경주박물관 소장으로 되어 있어
이곳에선 못 보는 게 유감이었어요.

1995. 5. 28

감은사지(感恩寺址)

삼국통일의 영웅인 아버지 문무대왕(文武大王)을
동해 수중릉(水中陵)에 장사 지냈을 때,
아들 신문왕(神文王)이 떨구었던 눈물들은
진주 되어 수중릉 안에 있을 줄 압니다.

그 수중릉에서 가까운 육지에
신문왕은 완성했죠 감은사 거찰을.
왜구격퇴라는 아버지의 염원은
아들에게 고스란히 이어졌던 것입니다.

비록 지금은 신라 최대의
3층석탑 둘만 덩그렁 남았으나,
그 뒤에 있는 금당유구(金堂遺構) 살펴 보면

호국룡(護國龍) 되었을 부왕이 드나들게
지하에 마련된 특수구조를 확인할 수 있습니다.
어찌 금인(今人)인들 눈물을 뿌리지 않을 수 있을까요.

1995. 5. 25

팔공산 은해사(八公山 銀海寺)

은해사 진입로 양쪽에는 한참을 적송림(赤松林)이,
그것도 제멋대로 자유를 구가하는 장송(長松)의 숲이
이어져 있다. 발치엔 맑은 냇물이 흐르고.
달 밝은 밤이면, 이곳이 그대로 은해(銀海)가 되리.

추사(秋史) 친필 현판이 은해사엔 많다던데
내가 확인한 건 대웅전의 그것뿐.
하긴 그것만으로도 위안은 된다.
그의 기(氣)에 잠시 감전(感電)될 수는 있다.

중창불사로 지금 은해사는 어수선하구나.
게다가 공교롭게 일요일이라
계곡에 가득한 건 물보다 인파(人波)……

꼭 가봐야 할 암자 몇 군데가
못내 아쉬워라. 다음에 올 때에는
이곳에서 넉넉한 시간을 보냈으면.

1995. 8. 16

팔공산 송림사(八公山 松林寺)

절 이름과는 달리 송림(松林)은 안 보이고
평지에 있는 절, 하지만 일단
경내에 들어서면 널찍한 마당에
거대한 오층전탑이 있어 눈길을 끄는구나.

하늘을 찌르는 금동상륜(金銅相輪)까지
완벽하게 남아있는 신라시대 오층전탑.
보는 이의 마음을 훈훈히 씻어주는
그 적갈색 전돌 빛깔이 유난히 아름답다.

일그러진 대웅전의 고청(古靑)빛 단청이나
온통 이끼 낀 기와지붕 빛깔과
이 전탑은 너무도 잘 조화를 이루다.

대웅전 옆엔 운치있는 노송이 있는데
바로 그 아래 산신각(山神閣)이 붙어 있다.
팔공산 산신령은 각(閣)이 많아 좋겠다.

1995. 11. 21

팔공산 동화사(八公山 桐華寺)

팔공산 동록 아늑한 곳에 자리잡은 천년고찰,
동화사 전체가 불멸의 오동꽃일지도 몰라.
문루의 이름도 따라서 봉서루(鳳棲樓)요,
대웅전 닫집에도 삼룡(三龍) 육봉황(六鳳凰)이 날고 있나니.

금세기 말에 와서 사세(寺勢)는 크게 확장,
면목을 일신하다. 특히 남북통일을 염원하여
새롭게 조성한 약사대불(藥師大佛) 놀랍구나.
불교의 위력을 새삼 느끼지 않을 수 없다.

귀로에 문득 동화사 입구 마애불좌상을
보게 된 게 신통하이. 높직한 절벽에
방금 구름 타고 하늘에서 내려온 듯

화려한 연꽃대좌, 항마촉지인의 부처님 모습,
광배(光背)의 불꽃무늬, 모든 것이 처음의 고요 속에
생동하고 있다. 활기에 넘쳐 있다.

1995. 8. 17

팔공산 파계사(八公山 把溪寺)

파계사 진입로는 울창한 숲길,
좌우편 아홉 개의 물줄기를 하나로 모아서일까.
계곡엔 맑고 차가운 물이
철철 흐르매, 그냥 발 담그고 쉬고 싶구나.

진동루(鎭洞樓) 앞의 넓은 마당에는
느티나무, 전나무, 은행나무 거목들이.
이곳 저곳 눈에 띄는 돌축대가 아름답다.
이 유서깊은 고찰이 영조(英祖) 때엔 왕실의 원찰로도.

법당인 원통전(圓通殿)의 관음보살 뵙고 나서
다시 사찰의 규모를 살피니,
그리 크지도 작지도 않은 것이

정말 알뜰 살뜰 잘도 가꾸어진
절임에 틀림없다. 주변의 울창한
산림과 어울려서 그윽하고 한적한 맛이 좋구나.

1995. 8. 17

194

팔공산 북지장사(八公山 北地藏寺)

팔공산 갓바위 서쪽 볕바른 산자락에
북지장사 있음. 어린 솔숲 사이길을
한참 들어가야 비로소 눈에 띄는 문방(門房) 앞의
잎 떨군 감나무엔 감들이 주렁주렁……

지장전이었던 작은 건물이 지금은 대웅전임.
정면과 측면의 길이가 같은 희한한 구조로
보물 제805호. 아미타 삼존과 지장보살이
봉안된 그 안이 웬일로 좁게 느껴지지 않음.

이곳이 고찰임을 증거하는 또다른 유물로는
뜰 한쪽에 동서로 삼층석탑이 있음.
둘다 다소 훼손된 상태지만 고색창연함.

산신각(山神閣) 안의 호랑이를 타고 앉은
산신의 모습도 꽤 이색적임.
둘레의 대숲에선 대바람 소리 일고……

1995. 11. 21

비슬산 은적사(琵瑟山 隱跡寺)

비슬산 지맥(支脈)이 북쪽으로 뻗어
대구시에 다가선 게 대덕산(大德山)인데
흔히 시민들은 앞산이라 부름.
그 품 안에 은적사 안겨 있음.

대웅전 옆의 언덕엔 대숲
그 아래 암굴이 바로 그 옛날
왕건(王建)이 자취를 감추었다가
목숨을 건진 자리일지도 모름.

하긴 속세간(俗世間)의 어떠한 인걸(人傑)도
감히 대영웅 부처님에 비한다면
한낱 티끌이요, 물거품에 불과한 것.

안 그런가, 대답하라. 법당 대들보의
여의주 입에 문 네 마리 청룡(靑龍)이여.
그러자 찬 바람이 대숲을 지나감.

1995. 11. 22

비슬산 유가사(琵瑟山 瑜伽寺)

비슬산에서도 가장 큰 계류(溪流) 윗쪽
유가사는 조용히 안좌(安坐)해 있음。아스팔트
오름길이 끝나면서 비롯되는 진짜 길은
티끌 하나 없는 돌길이자 녹음의 터널임。

새 소리, 바람 소리, 매미 소리에
절로 땀이 가심。이 절이 고찰임을
증명하는 고색어린 고부도군(古浮屠群)。대웅전 앞의
좀 이채로운 삼층석탑은 고려 때 것인 듯。

하지만 더욱 특이한 것은
나한전(羅漢殿)에 모셔진 나한들이 저마다
독특한 자세를 취하고 있는 것임。

연꽃과 학을 쥐고 있는 나한,
합장한 나한, 경을 펴든 나한, 용(龍)을
끌어안고 한 손은 여의주를 들고 있는 나한……

1995. 8. 18

비슬산 용연사(琵瑟山 龍淵寺)

옛날 신라 때 관기(觀機)와 도성(道成) 하면
바로 비슬산(옛이름 包山) 남북에 따로 살며
가끔 교류했던 신승(神僧)들인데, 이 포산이성(包山二聖)과
용연사 연원이 닿아 있음이여.

오늘날엔 석존의 진신사리탑을 모시고 있는
고찰로 알려지다. 처음엔 통도사에 모셔져 있던
사리 중 한 알이 어떻게 이곳에 옮겨진 것일까.
그런 우여곡절이야 몰라도 좋으리.

적멸보궁(寂滅寶宮) 안 유리벽 너머로
그 석종형(石鍾形) 사리탑을 바라보며
나는 하마터면 소리칠 뻔하였거니.

울어라, 울어라, 종이여 울어라.
그러자 석종은 이렇게 말하고 있는 것 같았다.
묵묵부동으로 있는 게 나의 최상의 소리거늘.

1995. 8. 21

용연사(龍淵寺)의 아름다운 다포식(多包式) 일주문

용연사 일주문은 그대로 한 떨기
크나큰 꽃이다. 복잡하나 단순하고,
온갖 빛깔을 지니고 있으면서
하나의 빛깔로 화하여 있는 황홀한 보석이다.

신비로운 구름이다. 구름 속의 여의주(如意珠)다.
공중에 뜬 홍련(紅蓮)이자 청련(靑蓮)이요,
청련(靑蓮)이자 백련(白蓮)이다. 이승 속 극락이다.
불 속의 열반화다. 문 없는 문이다.

사심(邪心)을 지닌 이가
용연사 일주문을 통과할 때엔
화상(火傷)을 입으리라.

하지만 마음이 청정한 이는
순간 우화등선(羽化登仙)의 희열을 맛보리라.
땅을 안 밟고도 걸을 수 있으리라.

1995. 8. 22

군위 삼존석굴(軍威 三尊石窟)

흐르는 계류 가에 전체가 청적색(靑赤色) 암벽으로 된
거대한 낭떠러지, 그 어중간에
둥글게 뚫린 석굴이 보이자,
멀리 그러나 뚜렷이 나타나자

하마 다가오는 영기(靈氣)를 느낀다고
동행인 김영선(金永善)은 아주 민감한 반응을 보이다.
중앙의 본존은 아미타 여래로
당당한 체구와 원만상호의 좌상이고,

두 협시보살은 등신대의 입상인데
약간 몸을 본존불쪽으로 기울인 자세.
석굴이 발견된 건 1962년의 일이라네.

경주 석굴암보다 백년은 앞서 조성된 석굴.
이런 보배 간직한 팔공산은 미상불
큰 영산(靈山)의 하나라 할 만하이.

1995. 11. 21

황악산 직지사(黃岳山 直指寺)

황악산 직지사의 일주문 지나
대양문, 금강문, 천왕문 지나
만세루 거쳐야, 신라시대 3층
쌍석탑 앞세운 대웅전이 나타난다.

몇 번의 난리와 화재를 겪고도
불사신(不死身)인 양 거듭된 중건 끝에
오늘날 직지사는 동국제일가람,
수많은 전각당사(殿閣堂舍)를 자랑하네.

하기사 이 절이 보통 절인가?
사명대사(四溟大師)가 열세 살 때 머리 깎고
중이 된 절, 서른 살 때엔 주지로도 있던 절.

산중다실(山中茶室)에서 일행은 느긋하게 차를 마시다.
호박죽 하나와 대추차 넷,
차맛이 천하일품이라면서.

1994. 3. 3

다시 가본 직지사(直指寺)

삼십 년 대불사가 마무리된 후
면목을 일신한 대가람 찾기는 이번이 처음.
개나리 벚꽃 만발한 봄날,
노송(老松)들도 새롭게 운치를 자아낸다.

대웅전의 삼존불과 탱화도 좋거니와
좌우 상벽에는 문수 · 보현 · 관음 등
보살이 제각기 사자나 코끼리, 용을 타고
날고 있음이여. 동중정(動中靜)의 아름다움.

도피안교(到彼岸橋) 지나 극락전 뒤로 가니
옛 부도밭이로세. 노송 아래 앉아
송운(松韻)을 들으면서 적멸위락의 진수를 누리다.

직지인심(直指人心)하면 깨달음의 정수(淨水)가
솟게 되는 모양. 넓은 사역(寺域) 가는 곳마다
감로가 솟는구나. 어서 마시고 성불하라는 듯.

1997. 4. 14

불령산 청암사(佛靈山 靑巖寺)

만산홍록의 고개를 구비구비 돌고 돌아
천년 고찰 경내에 들어서니, 수림이 울창하고
단풍빛 어린 그윽한 계류에는
바위마다 온통 이끼가 푸르구나.

빈틈없이 장엄된 대웅전의 금동부처님은
독존(獨尊)으로 협시가 없건만, 만당(滿堂)에 안온하고
풍윤한 느낌. 1921년 대운(大雲) 스님이
중국에 가서 조성해 모셔온 것.

뜰에는 이색적인 4층석탑 하나.
옥개석에 비해서 옥신석이 좁아서
매우 날씬한 몸매의 탑이 그런 대로 묘하구나.

계곡 건너쪽의 극락전 둘레엔
잎 떨군 늙은 감나무들이 있어
벽공에 주렁주렁 홍옥빛 익은 감들을 드러내다.

1995. 11. 2

청암사 수도암(靑巖寺 修道庵)

수도암 계곡은 물이 많아서 폭포도 걸려 있고,
골이 깊어 산수미(山水美)가 뛰어나다.
해발 1000미터가 넘는 고지(高地)에
당당한 전각들과 고색창연한 석탑들이 있다니.

대적광전(大寂光殿) 안의 신라 때 조성인 석조 비로자나불
좌상은 크기가 거의 석굴암 대불만한데,
어떻게 이곳까지 운반하였을까. 난데없이
노승이 나타나서 등에 지고 사뿐사뿐.

그런데 거의 다 와서 그만 넘어지고 말았단다.
칡덩굴에 걸려. 노승은 곧 산신(山神)을 불러내어
「이 부처님이 뉘신 줄 아느냐. 당장 칡덩굴을

뿌리째 뽑아내고 다시는 돋아나지 못하게 하라」
하고 호령했다. 그래서인지 수도암 주변에는
지금까지 칡덩굴 자라는 걸 못 본다네.

1995. 11. 3

희양산 봉암사(曦陽山 鳳巖寺)

희양산은 바로 거대한 봉황(鳳凰)이
막 날아오르려는, 그 순간, 영원히,
바위가 된 모습. 무궁무진의 정기(精氣) 덩어리.
비상(飛翔)과 정지가 둘이 아닌 근원(根源).

희양산 둘레의 하늘은 진짜 하늘,
늘 바르르 떨고 있는, 처음의 쪽빛 하늘.
희양산 계곡 물은 진짜 맑은 물,
송사리 떼마저 반투명에 가까워라.

그런 희양산의 봉암사야말로 절 중의 절,
가장 엄격한 참선 수도 도량,
관광객들의 속진(俗塵)은 감히 근접도 못하는.

극락전에 꼭 한 번 참배한 인연일까.
지금 내 온몸엔 아직도 어질어질
피어오르나니, 아으, 희양산 정토(淨土)의 아지랑이.

1989. 12. 3

다시 가본 봉암사

승방에서 단잠자고 아침에 일어나니
모든 것이 너무도 찬란하다。 하늘은 푸르고
희양산에선 푸드득 봉황의 날개짓 소리
메아리되어 뜰의 3층석탑을 깨운다。

그렇다, 아침 공양 들기 전에
어제 저녁 가보았던 계곡엘 다시 가자。
아직 구석엔 잔설(殘雪)과 살얼음이 녹지 않았기에
조심조심 걷는 걸음, 한참을 가노라니,

거기서 영 머물고 싶었던 선경(仙境)이 나타난다。
집채만한 바위들이 여기저기 놓였는데
둘레의 노송들과 더불어 깊은 선정(禪定)에 들어있다。

그 한가운데 마애불좌상은 이렇게 말하누나。
「참선하라, 참선하라, 그러면 그대도
우리와 다름없는 본지풍광(本地風光)에 들 수 있느니」

1994. 5. 28

운달산 김룡사(雲達山 金龍寺)

공산군에 쫓겨, 내 나이 스무 살 때,
걸어서 문경(聞慶) 새재를 넘었거니.
오늘은 편안히 승용차에 몸을 싣고,
사십 년 만에 같은 고갤 넘는구나.

밤길을 물어물어 김룡사에 당도하자
정신이 번쩍 든다. 코를 찌르는
소나무 냄새와 밤하늘에서 주먹만한 보석들이
일제히 내게 쏟아져 왔으므로.

아침에 보니, 병풍처럼 둘러쳐진
칠칠한 소나무들, 운달산(雲達山) 정기를 뿜고 있다.
떨어진 홍시(紅枾)를 한두 개 주워 먹다.

맑고 찬 시냇물 따라 나있는 숲길,
얼마 안 가서 대성암(大成庵)이 나오누나,
전생(前生)에 한 철 살았을 법도 싶은.

1989. 12. 1

다시 가본 김룡사

밤에 당도하매 일행은 서둘러 해운암(海雲庵)에서
저녁 공양 마친 뒤 설선당(說禪堂)에서 쉬다.
육십 평이 넘는 큰 온돌방! 8년 전에
왔을 때엔 상상도 못했거니, 보수 중이었기에.

새벽에 일어나니 온통 서설(瑞雪)이다.
삼존불(三尊佛) 모신 대웅전에서 아침 예불 올리다.
솔숲 속 서 계신 약사여래석불상이
내 눈엔 그러나 미륵불로 비치누나.

전에 갔었던 생각이 나서 명부전 지나
언덕에 올라가다. 거기서 바라뵈는
김룡사 전경(全景). 운달산 능선의 소나무들 좋아라.

송이 철에 이곳 오면 송이버섯국을
먹을 수도 있다 하니, 차라리 환상적,
아아 좋아라 운달산 소나무들, 춤추는 소나무들.

1997. 2. 3

사불산 대승사(四佛山 大乘寺)

四佛山 大乘寺의 일주문 현판은
석학 권상로(權相老)의 단정한 글씨.
이어서 진입로의 헐벗은 낙엽수림,
더러 푸르른 건 소나무와 전나무들.

계곡엔 흰 눈이 드문드문 남았으나
살얼음 밑을 흐르는 맑은 물은 차갑지 않아라.
저만치 대웅전이 시야에 들어오자
나는 그만 저절로 탄성을 지르다.

대승사 포옹하듯 둘러싼 능선의
운치있는, 춤추는 장송림(長松林)이
서로 다투어 신령한 솔향을 뿜고 있기 때문.

법당 내부엔 크고 훌륭한 아미타목각불탱,
수미단엔 화려한 연꽃, 모란꽃, 물고기, 거북,
게, 동자(童子)들이 어우러져 있구나야.

1997. 2. 2

사불산 윤필암(潤筆庵)

윤필암 와보니, 아연 선경(仙境)이다.
사방에 암벽과 끼끗한 소나무들
고찰 맛은 안 나지만, 그윽한 골짜기,
바로 사불산(四佛山) 진수의 품이로세.

이곳의 핵심인 사불전(四佛殿)에 들어가다.
닫집 아래 불단에는 부처님 안 계시고
유리벽 통해 멀리 사불암(四佛岩)이.
(말하자면 이곳은 적멸보궁(寂滅寶宮)인 셈)

그 신성한 사불암 찾아
가파른 산길 한참을 올라가다.
힘든 줄도 모르고 신나서 올라가다.

소나무들 빼곡히 둘러싼 거암(巨巖) 위에
사불암 솟아 있네. 오랜 풍상으로
바위와 부처는 이제 잘 분간이 안 되누나.

1997. 2. 3

봉황산 부석사(鳳凰山 浮石寺)

원효·의상 시대의 신라(新羅)의 돌,
그것을 보려거든 저 봉황산 부석사로 가라.
절 초입의 하늘로 솟은 당간지주에서
우선 맡아 보라 신라의 고청(古靑)빛 이끼의 선향(禪香)을.

구층 대석단(大石壇)을 오르고 또 오르면
마침내 무량수전(無量壽殿) 아미타불을 친견하게 되고,
뒷편 우측의 선묘각(善妙閣) 문 열면
낭자께서 말하시리 부석은 바로 좌측에 있다고.

미상불 그 집더미만한 부석에 앉아 볼 일.
그러면 순식간에 부석은 둥실 공중에 떠서
그대를 조사당(祖師堂) 앞에다 떨구리라.

조사당 추녀 아래 의상이 꽂은
지팡이가 지금은 선비화(禪扉花)라고, 신령스런 나무라네,
이슬 비 안 맞고도, 해마다 봄이면 노란 꽃 피는.

1991. 1. 9

소백산 용문사(小白山 龍門寺)

소백산 최남단 완만한 산자락에
남향한 용문사. 3단에 걸쳐
여기저기 고풍어린 당우들이 손짓한다.
그중 눈길 끄는 것이 바로 대장전(大藏殿).

정면 3칸 측면 2칸의 다포 맞배집인데
내부는 온통 정교한 목공예로 장엄한 분위기.
우선 자애로운 금빛 목각 삼존(三尊)께 삼배하고
목각으로는 가장 오래 되었다는 탱화를 살피다.

불단 좌우에는 두 틀의 8각 윤장대(輪藏臺) 있는데
그 안에 소중한 경책(經冊)을 넣어 두고
불자(佛子)들이 밀면서 돌리게 되어 있다.

두 틀의 윤장대가 그 구조나 형태는 같지만
창살무늬만은 매우 대조적. 하나는 면마다
화려한 꽃살무늬, 다른 하나는 소박한 빗살무늬.

1997. 2. 2

천등산 봉정사(天燈山 鳳亭寺)

일주문 지나니, 이내 기적적인 선경(仙境)이 펼쳐진다.
봉황이라도 날아와 머물 법한
여기저기 운치있는 고목을 앞세우고,
탈색한 만세루(萬歲樓) 너무도 멋있어라.

문루(門樓) 하층 기둥 사이 돌층계 올라가니,
고색창연한 옛건물 대웅전이
우아하고 장중한 모습을 드러낸다.
한동안 보는 이의 말을 빼앗는다.

국보 제15호, 봉정사 극락전은
정면 3칸 측면 4칸의 맞배지붕 주심포(柱心包)집.
우리 나라 최고(最古)의 목조건물이다.

그 소박하고 단아한 짜임새,
하지만 기품있는 고격(古格)을 깨닫겠다.
예술의 극치는 단순성에 있는 것.

1995. 8. 14

안동 신세동 칠층전탑(安東新世洞七層塼塔)

현존하는 우리 나라 전탑 중
가장 큰 것은 어디에 있나?
경북 안동시 신세동에 있다네.
높이 17미터, 신라시대의 것.

7층전탑이 체감비율 완만하게
네모꼴 단층 기단 위에 서 있구나.
기단 4면에는 팔부중상(八部衆像)과
사천왕상 양각한 판석이 보이고.

암회색의 무늬없는 전돌 빛깔이
썩 마음에 와닿지 않더니만
옆에 활짝 핀 무궁화와 함께 보니,

아연 상호보완의 생기를 자아낸다.
더러 옥개 위엔 기와를 얹었던 흔적이 있다.
전탑은 원래 목탑을 모방한 것임을 알겠다.

1995. 8. 25

안동 제비원 마애불

높이 12미터 화강암 암벽에
불신(佛身)을 선각하고 불두(佛頭)는 따로
조각하여 얹어놓은 거대한 마애불.
왜 제비원의 이름이 생겼을까.

당시 이름을 날리던 석공(石工),
어떤 후배와 더불어 일했는데
후배의 걸출한 솜씨에 그만
질투의 눈이 멀어,

사다리를 슬그머니 치우고 말았단다
후배가 열심히 일하고 있는 동안.
아뿔싸, 후배는 떨어져 죽었을까.

천만의 말씀이지. 그는 한 마리
날렵한 제비 되어
하늘로 후루룩 날아가 버렸단다.

1995. 8. 13

태조산 도리사(太祖山 桃李寺)

그 옛날 아도(阿道) 화상 눈 속에 복사꽃과
오얏꽃 핀 걸 보고 이곳에 절을 짓다.
이름하여 도리사. 실로 동국 최초의 가람이요
신라불교의 초전법륜지(初轉法輪地). 서기어린 길지(吉地)로세.

석존의 진신사리 일과가 발견되어
백색 사리탑과 적멸보궁(寂滅寶宮) 세워진 건
근래의 일이라네. 우아하기 그지없는
알뜰한 극락전과 뜰 앞에 서 있는

이끼 낀 석탑이 눈길을 끄는구나.
전혀 유례없는 특이한 탑이건만
마음에 깊이 정답게 와닿는다.

운치있는 아름드리 노송들로
둘러싸인 고요 속의 아도 화상 좌선대(坐禪臺)!
이 몸도 그 위에서 한 3년 나봤으면.

1996. 5. 3

아도 화상 좌선대(阿道和尙 坐禪臺)

복사꽃 한창일 때 도리사(桃李寺)에 당도하다.
다행히 젊은 동행, 승호(丞鎬)가 있었기에
쉽게 찾아낸 아도 화상 좌선대!
(나 혼자 왔더라면 놓치고 말았으리)

솔향 그윽한 노송림(老松林)에 둘러싸여
크나큰 자연석, 고청(古靑)빛 이끼 낀
방석 바위 놓였구나. 그 위엔 영겁의
정결하고 거룩한 고요가 서려 있네.

승호의 특청으로 그 좌선대에
감히 올라가 앉은 건 사실이나,
찰칵 사진기에 찍힌 건 사실이나,

어럽쇼, 현상된 사진을 보니
이몸은 간데 없고, 솔향 그윽한
둘레의 노송림과 좌선대만 나와 있다.

1996. 5. 4

주왕산 대전사(周王山 大典寺)

주왕산 초입의 대전사 향하니 벌써 알겠다
저만치 보광전(普光殿)의 단아한 모습 뒤로
기암(旗岩)이 우뚝 솟아 대전사 보호함을.
이곳의 관문이자 심볼인 기암이.

또한 옆에선 우람한 장군봉이 이 절을 굽어보네.
그러매 이렇다 할 유물은 없더라도
별로 당우는 많지 않더라도
알겠다 대전사는 주왕산의 수찰(首刹)임을.

천년 전 중국에서 이곳까지 쫓겨와서
그 비극적 생애를 마친 주왕(周王)의 이름 따서
주왕산 되었고, 아들 대전(大典)의 명복을 빌기 위해

대전사 세웠다니! 주왕산 찾는 이는
우선 이곳에 들러야 할 것이리.
전설이란 무엇이고 역사란 무엇인가.

1996. 8. 9

천축산(天竺山) 불영사(佛影寺)

전장 십삼 킬로 불영 계곡 중에서도
태고의 신비 서린 그윽한 절승 가에
불영사는 온통 빛뿜고 있었다.
도시 부처님에게 그림자란 없는 것.

해묵은 기와는 해묵은 기왓빛을,
퇴락한 단청은 퇴락한 단청빛을,
청옥(靑玉)의 하늘 등진 잎 떨군 감나무의
감들은 홍옥(紅玉)빛을 뿜고 있었다.

대웅전 기단을 온몸으로 떠받드는
좌우 두 마리의 돌거북 입은
특히 치열하고 투명한 빛을 뿜고 있었다.

빛을 뿜지 않는 사물이 없었다.
모든 것이, 다만 너무도 으리으리하였기에
때로 그것이 그림자인 양 느껴지는 것이었다.

1986. 11. 16

호거산 운문사(虎踞山 雲門寺)

호거산 남록 송림 우거지고
청류수석(淸流水石)이 운치를 더한 양명한 터에
자리잡은 운문사. 옛부터 이름난
선(禪) 도량이 오늘날엔 이 땅 최대의 비구니 강원.

범종루 지나자 이내 눈에 띄는
처진 소나무의 위용(偉容)에 반하다. 수령 400년,
가지가 고루 땅으로 퍼져내려
50여 평이나 차지하고 있음이여.

청순한 비구니의 친절한 안내로
솔밭 속 팔각정, 목우정(牧牛亭)을 둘러보다.
마음 심자(心字)모양의 네 못이 희한하이.

대소 전각의 배관이 끝나자 마침 정오라,
맑은 범종 소리 뭇 중생의 마음을 녹이누나.
보니 겨울 목련 싹도 부풀어 오른 듯.

1995. 1. 23

운문사 사리암(邪離庵)

갈지자(之字) 오름길을 여러 번 거듭해서
겨우 당도하다. 산 중턱의 사리암(邪離庵)。
온 길 굽어보니, 아찔한 높이에서,
알겠다, 이몸은 구름 위에 오른 것을.

사람들은 어떻게 이러한 높이에다
이런 훌륭한 전각(殿閣)들을 세웠을까。
그 중 드높은, 금싸라기 쏟아지는,
벽공(碧空)에 닿은 곳엔 천태각(天台閣) 있어,

독좌하신 나반존자 은은한 미소 띠고
중생을 굽어보네。「사심(邪心)을 여의어야,
사심(私心)을 여의어야, 처음도 끝도 없는

복락(福樂)의 길이, 불심(佛心)의 법열이
그대의 것이 되리」하시는 나반존자
희고 긴 눈썹이 그 순간 미동하다。

1995. 1. 19

등운산 고운사(騰雲山 孤雲寺)

고운사 일주문은 다포식(多包式) 팔작지붕,
매우 화려하며 버팀목도 여러 개.
일찍이 최치원(崔致遠)이 지었다는 가운루(駕雲樓)는
계곡 위에 가로세워져 있다.

너무 낡아서 기능 발휘를 못하고 있지만,
운치는 더욱 무르익어 떨어진다.
나말 여초의 석조 석가여래좌상하고
'약사전' 현판은 걸맞지 않는구나.

고종(高宗) 황제의 장수를 축원했던 연수전(延壽殿)은
더없이 우아하고, 정밀하고, 화사하다.
구석구석 정성들인 흔적이 역연하다.

그 옆 담너머로 보이는 사과나무,
불그스름한 사과들 주렁주렁 열려 있는 것이
눈길을 끄는구나. 상쾌하게 하는구나.

1995. 8. 16

운제산 오어사(雲梯山 吾魚寺)

녹색의 호수 끼고 한참을 가노라니
드디어 저만치 운제산 아래
오어사 나타난다. 해강 김규진(金圭鎭)의
吾魚寺 현판은 마치 그대로 뛰노는 물고기.

원효 · 혜공 · 자장(元曉 · 惠空 · 慈藏) 등 신라 고승들의
전설이 서려 있는 천년 고찰답게
특히 대웅전은 많이 퇴락해서
용마루 선이 일그러져 있을 정도.

절 뒤 절벽 위의 자장암에선
오어사 전경이 한 눈에 들어온다.
녹색의 호수가 알뜰히 절을 감싸안듯

절의 앞면을 두르고 있구나.
그렇다, 이렇듯 산수(山水)의 진수를 한 몸에 지닌
호반(湖畔)의 고찰은 달리 없으리.

1995. 5. 17

왜 항사사(恒沙寺)가 오어사(吾魚寺)로 바뀌었나

혜공(惠空)은 어려서부터 신통(神通)이 놀라웠다.
중이 된 후로는 매양 미친 듯
대취(大醉)하여 삼태기를 지고
거리를 떠돌았다. 춤추고 노래했다.

그가 사는 작은 절 우물 속에 들어가면
몇 달이고 나오지 않았다. 그런데 나올 땐
푸른 옷 입은 신동(神童)을 앞세우고
마른 옷, 마른 신을 신은 채였다.

만년에 그는 항사사에 있었는데
가끔 질의하러 원효(元曉)가 찾아왔다.
하루는 둘이서 시냇물 따라가다

물고기를 잡아먹고 대변을 보았것다.
「당신의 것은 똥, 내 것은 물고기」
하고 혜공이 희롱의 말을 하자 둘이는 가가대소.

1995. 5. 17

내연산 보경사(內延山 寶鏡寺)

거찰(巨刹) 보경사엔 거목이 많구나.
팔백년 묵었다는 입구의 회화나무,
한창 송화(松花) 피운 운치있는 노송에다
큰 느티나무, 감나무, 탱자나무……

이끼 낀 5층석탑 초층 옥신에
새겨진 자물쇠가 유난히 뚜렷하다.
적광전(寂光殿) 안의 법신불 좌우엔 두 동자(童子)시립상이
제각기 고개를 법신불 쪽으로 약간 기울인 게

미소를 자아낸다. 아예 이수(螭首) 없는
원진(圓眞) 국사비도 색다른 느낌이고,
그 옛날 수백 명 승려가 기거했던

본사로서의 규모를 입증하듯
나무 물통이 어찌나 큰지 통나무배만하다.
내연산 골짜기의 승경(勝景)들은 언제나 보게 될지.

1995. 5. 18

청량산 청량사(淸凉山 淸凉寺)

그 외곽에 낙동강 상류를 띠처럼 두른
청량산은 수려하다。문수봉, 반야봉,
보살봉, 의상봉, 금탑봉, 연화봉 등
암봉이 둘러쳐진 양명한 중턱에 청량사 있구나。

의젓한 법당, 유리보전(琉璃寶殿) 앞엔
매우 운치있는 노송이 있고,
다시 그 앞엔 근래에 조성된
날씬한 5층석탑, 바로 말없는 부처님 사자후。

원효, 의상, 김생(金生)을 비롯하여 이곳을 사랑한
고인은 많았거니, 청량산인(淸凉山人) 이퇴계 또한
오산당(吾山堂) 지어 이곳에서 공부했다。

오산당 옆엔 산꾼의 집,
초막산방(草幕山房) 있는데, 찾아오는 길손에게
주인은 무료로 구정차(九精茶) 대접한다。

1997. 9. 5

유리보전(琉璃寶殿) 앞 소나무 설화

옛날 봉화군 명호읍 북곡리에
뿔이 셋 달린 송아지가 태어났다.
몇 달 사이에 부쩍부쩍 자랐는데
어찌나 사납고 힘 세었던지
도무지 부려먹을 재간이 없었다.

이 소문 들은 청량사 주지가
하루는 찾아가 시주하라 당부한즉
주인은 마치 기다렸다는 듯이
그 골치 아픈 소를 내주었다.
스님은 소를 몰고 절로 돌아갔다.

소는 이상하게 스님 말은 잘 들었다.
마침 암자를 짓고자 하였기에
돌과 재목을 나르게 하였더니
순순히 거뜬거뜬 잘도 따라 주어
힘든 역사가 쉽게 끝이 났다.

이러던 소가 어느날 죽으매
절 앞에 묻었는데
그 자리에서 소나무 한 그루가

돋아나 무럭무럭 자라는 것이었다.
가지가 셋으로 뻗어나는 것이었다.

참 그렇구먼. 뿔이 셋 달린
황소 무덤에서 자라난 소나무라
가지가 셋으로 뻗는 게 당연하지.
그리하여 사람들은 그 자리를
삼각우총(三角牛塚)이라 부르게 되었단다.

1997. 9. 7

금오산 해운사(金烏山 海雲寺)

금오산 중턱의 해운사는 신흥사찰,
하지만 절터는 볼수록 기막히다.
배경이 깎아지른 천길 암벽인데, 길게 옆으로
마치 검은 철갑 병풍을 친 듯……

드높은 암벽 한쪽에는 도선(道詵)굴 있다.
옆에는 세류(細流)폭포, 가는 실물줄기들이
주룩주룩 떨어지고. 쇠줄에 의지하여
아슬아슬 접근하는 탐방객은 개미떼들.

뒤쪽엔 대혜(大惠)폭포, 금오산 전체에
쩌렁쩌렁 울린다고 일명 명금(鳴金)폭포,
순백의 폭포수는 하늘로 솟는 비룡(飛龍),

시간 속에 소리치는 영원의 모습일세.
금오(金烏)란 해를 달리 이르는 말
따라서 폭포수는 바로 불 속의 물기둥이라네.

1996. 5. 3

겨울 해인사운(海印寺韻)

1

어느 해 겨울 나 속인(俗人)이 과분하게 해인사 승방에서 한 이레 묵은
일이 있었지요, 당시 주지스님 각별한 배려로.

추운 겨울의 여로(旅路)에 시달리다 호롱불 켜진 더없이 정결하고 아
늑한 방 안에서 여장을 풀었을 땐 정말 이만저만 흡족한 게 아니었죠. 더
구나 그날 밤 찰찰 끓는 온돌 방바닥에 엎드려서 온몸으로 듣던 물소리,
물소리, 어둠을 뚫고 바로 뒷문 밖 호롱대로 흐르던 깊은 산 물소리가 지
금도 안 잊혀요.

우리집 수도 꼭지 수돗물이 조르르 물동이에 듣는 소리, 그것이 나에
겐 흔히 산골 물소리인 양 들리게 된 것은 아마 그 뒤의 일일 것입니다.

2

단식정진(斷食精進) 16일을 마친 뒤라 아직 먹을 것 생각이 난다는 스
님과 나는 참 많이도 웃었어요. 어느 청신녀가 보내 왔다던 꿀을 한 숟갈
씩 먹던 일도 생각나요.

나는 조석으로 예불도 안 하고 도야지처럼 먹고는 잤으니. 이 해동제
일가람(海東第一伽藍), 유구 천여 년의 법보를 이어온 도량에 와서.

처음 하루 이틀은 나도 새벽 두 시쯤 일어나려 했답니다. 어느새 아아
(峨峨)한 묏부리인 양 선정(禪定)에 들어있는 스님의 결가부좌 흉내를 내
보려고. 물론 그것은 어림없는 치기로 끝났지만요.

232

3

순목조(純木造)의 해인사 측간은 아치가 있더군요. 첫째 태고연(太古然)히 널찍하고 소박한 게 좋았고 조촐히 늙은 사나이의 몸내 같은 나뭇내도 좋았고요.

측간 아래는 헤아릴 수도 없는 깜깜한 낭떠러지, 그 깊이에 군침을 삼키면서 나는 한참 새벽별 생각이나 했었지요. 이런 산간(山間)의 별들은 크고 그 빛깔도 유난히 푸른 것을.

4

대적광전(大寂光殿)의 비로자나 부처님이 어떻게 생겼는지 그런 것은 잊었어요. 또는 옛날 신라의 최치원(崔致遠)이 손수 심었다는 학사대(學士台) 전나무에 어떻게 즈믄 해가 하늘을 무찌르며 치솟아 있던가는.

그러나 지금도 선연히 회억되는 일의 하나는 홍제암(弘濟庵) 가는 돌다리 못 미쳐 마른 잔디밭에서였습니다. 겨울날치고는 별나게 따스한 날씨여서 시방도처(十方到處)에 숨었던 봄의 입김이 은밀히 눈과 얼음의 껍질을 들먹이며 아른대고 있었어요.

하늘에선 파아란 살얼음이 풀려 나리는 아지랑이, 초라하게 잎 떨린 겨울의 수목에선 그 섬세한 가지의 가지마다 이미 지난 가을에 마련해 두었던 새싹의 눈이 트일 듯 안 트이는 안타까운 아지랑이, 그리고 시들은 잔디 위엔 언 땅 속에 잦았던 지열(地熱)이 그 메마른 풀뿌리 뚫고 기웃대는 아지랑이.

나는 내 안에서도 분명히 타고 있을 그 아지랑이가 시키는 대로 문득 일어나 — 나는 그 때까지 그 겨울 잔디밭에 자빠져 있었어요 — 멀리 서북쪽에 눈길을 돌렸지요.

영봉 대가야(靈峯 大伽倻)의 수려한 모습, 그러자 이상한 일이 생겼어요。바로 지척간에 그 서느러운 묏부리가 다가선 듯 손을 뻗치면 만져질 듯도 한 착각에 빠졌지요。나무라곤 별로 없고 모래흙과 풀잎과 이끼와 바위, 그런데 그것들이 보통이 아니었죠。그 참으로 헤아릴 수도 없이 많은 모래알엔 알알이 그 속에 뭇 보살에 둘러싸인 부처님이 깃들어 있는 것을 보았다면 어떨지, 그런 것은 지나친 표현이라 치더라도 하여간 그 낱낱의 풀이파리, 그것의 크기나 모양은 물론이요 그 뿌리까지도 환히 드러나 보인 것은 사실예요。또 그 숨쉬는 바위의 모양과 그 위에 덮인 이끼가 속속들이 드러나 보인 것도。모든 것은 무한한 부드러움, 그저 무한히 빛뿜는 희열 속에 그렇게 있었어요。

아, 바로 저기가 서방정토(西方淨土)이리, 아니 나는 지금 그 안에 있다는 생각이 들자 어느덧 가야산은 다시 멀리 처음의 모습대로 유연할 뿐이데요。마치 아무 일도 없었다는 듯이。

5

한 이레 묵는 동안 끝내 가야산 상봉에는 못 오르고 말았지요。

홍류동(紅流洞)에서 용문(龍門)폭포에 이르는 사이 눈에 덮인 계곡을 더듬거나 약수암(藥水庵)에서 희랑대(希朗台), 백련암(白蓮庵)에 이르는 절승의 산길을 가다가 얼음 밑에 잦아진 골짜기 물도 보고 세한(歲寒) 까마귀 울음도 들으며, 문득 발치에 시누대밭 사태나 기암괴석 사이 하늘을 찌르는 고목에 놀라면서 즐거워하던 일, 이런 일을 일일이 헤아리자면 한이 없겠어요。

때로 나는 그 겨울의 숲길을 거닐면서 봄의 해인사 상상을 해봤지요。그것은 그야말로 굉장할 것이라고。그 첩첩 산마다, 골짜기마다, 숲마다, 나무마다, 그 무수한 가지의 가지마다 새봄의 눈 트는, 잎 트는 소리들을 그리어 보십시오。뺑뺑 소리에서 쉿쉿, 스멀스멀 온갖 수액이 들끓는 소리들을。물소리, 바람소리, 그리고 온갖 새들의 지저귐을。그 어지러운 하늘과 땅의 정기(精氣)는 빙글빙글 하나로 돌고 돌아 만물을 푸르므레 소생케 할 것임을。

6

그리고 보니 하, 장경각(藏經閣) 얘기가 빠졌군요。이 해동제일도량(海東第一道場), 해인사에 와서 국보 중의 국보인 팔만대장경 구경을 못 했다면 어디 말이나 되겠습니까。

추사(秋史)도 탄하기를 비육신지필(非肉身之筆), 내선인지필(乃仙人之筆)이라 했다는 그 글씨의 영묘함이라든지, 그 무수한 경판이 거제목(巨濟木)을 삼 년간이나 바다에 담았다가 소금물에 삶고 그늘에 말려 다듬어 옻칠을 한 것이라니, 그저 기막힐 따름이었습니다。

그래서 묵묵히 말을 잃은 채 나는 차라리 뼛속에 스미는 선한(禪寒)을 느꼈지요。스님이 손수 장경각 앞문의 그 육중한 자물쇠를 열 때부터 기인 판고(版庫) 내외를 더듬으며 두루 구경을 마칠 때까지。장경각 안의 그 삼엄하던 고요를 생각하면 지금도 뼛속이 서늘해지곤 해요。

1966. 1. 19

영취산 통도사(靈鷲山 通度寺)

이 절은 아예 일주문(一柱門)에서부터 끝내주고 있다.
영취산 통도사(靈鷲山 通度寺), 흥선 대원군의 금빛 명필 아랜
국지대찰(國之大刹)이요 불지종가(佛之宗家)라는 해강의 주련.
이어서 전개되는 선경(仙境)의 노송(老松)들.

그 고색창연한 수많은 전각들을
오늘날까지 있게 한 개산조(開山祖), 자장 율사 영정을
친견하니, 스님의 이런 말씀이 들려온다.
「내 차라리 하룻동안 계율을 지키다 죽을망정

파계하여 백년 동안 살기를 원하지 않노라」
대웅전 천정은 빈틈없는 꽃만다라,
특히 국화와 모란꽃 무늬가 절묘하구나야.

유리벽 통해 저만치 금강계단(金剛戒壇) 불사리탑을
나는 합장한 채 일심으로 바라보다.
이대로 한 오백년 서 있은들 어떠리.

1995. 8. 9

통도사 극락암(通度寺 極樂庵)

극락암 입구엔 비단잉어 노니는
영지(影池)가 있고, 그 위에 놓인 무지개 돌다리,
홍운교(虹雲橋) 위에 서니, 바로 이곳이 극락일세.
벽공 아랜 영취산이 병풍처럼 펼쳐 있네.

그 아랜 춤추는 상록의 노송(老松)들,
다시 그 아랜 연초록의 대숲들이
극락암 배경을 이루고 있네.
새록새록 불멸의 영기(靈氣)를 뿜고 있네.

이곳의 조실, 고(故) 경봉 노사(鏡峯 老師)가 기거했다는
삼소굴(三笑窟)에는 인기척이 없어,
겨우 현판의 글씨에서만 미소를 읽을밖에.

영월루(映月樓) 마루에 홀로 올라앉아
홍운교 굽어보니, 나도 이곳에서 살고 싶어지네.
매미 껍질 벗듯 남루인생을 벗고 싶어지네.

1995. 8. 10

재약산 표충사(載藥山 表忠寺)

장대(壯大)하고 수려한 재약산 줄기에
빙 둘러싸였건만, 충분히 넓은 사역(寺域)
안온하고 볕바르다. 표충사는 과연
대가람이로구나. 오색서운(五色瑞雲) 감도는.

서래각(西來閣) 현판 보니, 바로 깨닫겠다.
효봉(曉峰) 대종사가 입적한 곳이란 걸.
유물관(遺物館)에선 사명당 입김이
여기저기 생생히 확인되어 흐뭇하다.

이 땅엔 자고로 영묘(靈妙)한 인물들이
적지 않을 텐데, 아니 실은 오히려
기라성처럼 찬란할 터인데,

범속(凡俗)의 티끌 눈엔 뵈지가 않음이여.
저 이끼 낀 석탑과 노송들, 또는 무심히
하늘을 나는 비둘기떼에게도 이몸은 부끄럽다.

1995. 1. 22

금정산 범어사(金井山 梵魚寺)

금정산 산마루 큰 바위 위엔
마르지 않는 우물이 있는데,
금빛 물고기가 오색 구름 타고,
범천(梵天)에서 내려와, 그 속에서 놀았단다.

그건 나중에사 들은 얘기지만,
어쩐지 자꾸만 오르고 싶더라니.
저녁 어스름 속 일주문이라든가
대웅전에도 겨우 일별을 던졌을 뿐.

그래도 그중 기억에 남은 것은
동산(東山) 대종사 부도비 둘레의, 시들었어도,
밀생한 잔디와 울울한 대숲.

이튿날은 새벽부터 찬 비가 내리더라.
절 구경도 제대로 못하고 떠나다니,
노송에게 작별 인사도 못하고.

1991. 3. 26

다시 가본 범어사(梵魚寺)

두 팔을 벌린 금정산 품 안에
유서 깊은 대가람 범어사는 안겼구나.
우선 유례없는 일주문에 탄복하다.
한 줄로 세운 네 개의 기둥으로

어떻게 크나큰 궁궐의 규모 같은
지붕의 하중을 견뎌낸단 말인가.
늘씬한 키의 춤추는 노송(老松)이나
코를 찌르는 전나무 향기로 속진은 말끔히

계곡물 소리 따라 아래로 아래로……
우아한 고청(古靑)빛 석탑에 눈 씻고
대웅전 부처님과 닫집의 숭엄함에

한동안 숨죽이다 뜰의 향나무
온통 푸르른 이끼로 덮인 줄기를 보니
극락은 바로 이곳임을 알겠구나.

1996. 7. 8

신어산 은하사(神魚山 銀河寺)

고인도(古印度) 아유타국 심볼인 신어(神魚)가
하늘로 날아올라 은하수(銀河水) 통해 북상,
가락국(駕洛國)에 내려앉자 산으로 되매 신어산이고,
그 아래 절이기에 은하사인가.

이 절의 창건주, 장유(長遊)로 말하자면
김수로왕(金首露王) 배필 된 아유타국의 공주,
허황옥(許黃玉)의 오빠이니, 잘도 들어맞네.
불교남방전래설(佛敎南方傳來說) 안 믿을 수야 없지.

신어산(神魚山)은 참으로 수려하고 기괴한 산,
이마 높이 둘레에만 철갑(鐵甲)을 두른 듯
암벽을 둘러친, 그 아래 파묻혀서

이 절은 역사의 뒤안길에 있었으나,
근래에 사세(寺勢)는 날로 신장하여
은하사(銀河寺)다워지다. 남해의 보좌(寶座)되다.

1995. 1. 19

초선대(招仙臺)

김해시 불암동엔 고목이 무성한
바위동산 있나니, 이름하여 초선대.
그 옛날 가락국(駕洛國)의 제2대 거등왕(居登王)이
신선(神仙)을 초대하여 바둑을 두었던 곳.

또는 거문고로 풍류를 즐기던 곳.
그 중 서남향의, 바다쪽 바라보는
바위의 단면에는 선각(線刻)된 마애좌불,
거등왕의 초상이라 믿는 이도 있다네.

어머니 허왕후(許王后)와 외숙 장유 화상(長遊 和尙)이
멀리 인도의 아유타국에서 가져온 불교,
바다 풍랑 가르고, 돛단 배에 실어.

그것을 증명하듯 초선대에선
줄곧 거문고 소리가 들리고, 마애불 시선은
늘 서남쪽 바닷길에 닿아 있네.

1995. 1. 18

화왕산 관룡사(火旺山 觀龍寺)

화왕산 능선은 기암괴봉 들쭉날쭉
마치 길게 꿈틀거리는 용(龍)을 보는 듯.
그 아래 울창한 수림 속 신라 고찰(古刹),
관룡사 대웅전은 너무도 의젓하다.

정면 3칸 측면 3칸의 다포식 팔작집
우아한 고풍(古風)이 견고함과 맞물려서
안정된 분위기, 가라앉은 금빛의 삼존불좌상도
더없이 평온하고 자비롭고 원만하다.

단칸의 주심포식 맞배집인
약사전은 특이하이. 이런 불당(佛堂) 만든
목수는 지금쯤 무엇이 되어 어디에 있을까나.

역시 고풍의 원음각(圓音閣) 돌아 밖으로 나오는데
덩굴에 덮인 돌담문 눈에 띄다
지극히 소박하고 자연스런 아름다움.

1996. 8. 20

관룡사 용선대 석조 석가여래좌상

부처님 모시고 극락 가는 배, 거대한 바위 배,
반야용선(般若龍船) 보기 위해 창녕 화왕산 관룡사 찾다.
절 옆 가파른 오름길 끝의 산정이 그대로
거대한 바위 배, 그 뱃머리에 부처님께서

팔각연화대좌 그 위에 높이 좌정해 계시다.
하늘은 푸르고 흰 구름은 둥실둥실……
사방이 확 트인 송림(松林)의 바다……
화왕산 능선은 저만치 꿈틀대는 와룡(臥龍)인 양 싶고.

반야용선 올라타자 그 순간 이몸은
없어지고 마는구나. 하늘 땅 가득히
충만해 있는 불성(佛性) 가운데로 용해되고 마는구나.

'천상천하유아독존(天上天下唯我獨尊)' 그 말씀의 옳음이여.
부재(不在)의 있음으로, 영영 거기서 머물고 싶었건만,
어느덧 엉금엉금 하산할밖엔 없는 이몸의 신세……

1996. 8. 21

진주성 호국사(晋州城 護國寺)

진주시 한복판을 유유히 흐르는 남강(南江) 굽어보며
기암절벽 위에 자리잡은 촉석루,
거기서 성벽따라 한참을 가노라니
서장대(西將臺) 솟았는데 그 아래 울창한 수목에 싸인

절 한 채 있구나. 고려시대 창건의
이 절을 호국사라 부르게 된 건
임란 때 승병들이 이곳에 모여
최후의 일각까지 싸우다 죽은 까닭.

어디서 왔느냐며 일행 맞는 총무스님
차 한잔 하라 한다. 하지만 갈길 바빠
사양을 하였더니, 귤 여러 개를 싸주지 않는가.

스님이란 본래 베푸는 사람.
나라와 백성이 존망 위기에 처했을 때엔
목숨 보시라도 서슴지 않는 사람.

1996. 8. 23

봉명산 다솔사(鳳鳴山 多率寺)

고찰(古刹)로 들어가는 진입로답게 노송림(老松林) 좋구나.
드디어 저만치 흙과 돌로 자연스레
이룩된 층계 위에 대양루(大陽樓) 나타나자
그 큰 규모와 고풍에 절은 위용에 탄복하다.

대웅전 대신해서 새로 들어선 법당은 적멸보궁,
유리창 너머로 석종(石鍾)모양의 불사리탑 보이는데
불단 위에 뜻밖에 금빛 와불상(臥佛像)이
모셔진 게 특이하다. 천정엔 오색 연등.

봉명산이 높지는 않되, 수목이 울창하여
다솔사는 파묻혀 있는 듯한 느낌이다.
둘레엔 대숲도, 파초도, 차나무도.

혹시 옛날엔 이곳에 오동나무 많지 않았을까.
그래서 봉황이 날아와 울었기에
봉명산이라 이름하지 않았을까.

1996. 8. 23

연화산 옥천사(蓮花山 玉泉寺)

신라 화엄십찰(華嚴十刹)의 하나, 옥천사가 저만치
연화산 품에 그림처럼 안겨 있네.
운치있는 노송림의 진입로를 버스 타고
들어온 죄, 옥천수 마시면 씻기울 건가.

석가삼존 모신 대웅전 안의
고색창연한 단청(丹靑)이 절묘하다.
천정의 학그림, 닫집의 용그림, 기둥에도 용그림
그리고 도처에 연꽃과 당초 무늬.

자방루(滋芳樓) 뒷편에 연화옥천(蓮花玉泉) 현판은
추사의 수제자 위당(威堂)의 글씨이다.
그 살찐 예서체의 눈 씻기는 아름다움.

옥천수 물맛은 과연 일품일세.
뜰 한 쪽엔 청담(靑潭) 대종사의 사리탑 있는데
청담이 이 절에서 삭발 득도한 연고라네.

1996. 4. 9

청량산 문수암(淸凉山 文殊庵)

기암괴석의 병풍을 둘러친 청량산 정상에서
바라뵈는 남해(南海)라니! 수천(水天)이 더불어
하나인 비단에 수놓인 섬들……
절로 가슴이 영원으로 트이는 듯.

문수암 안엔 사자에 올라탄 문수동자 있고
배후의 크나큰 유리벽 통해 암벽이 보인다.
암벽 높은 곳에 굴이 있는데
안쪽에 흰 문수보살상이 보이지 않는 이는

마음이 어딘가 막혀있는 탓이란다.
사람들은 저마다 친견하려 애를 쓰나
끝내 못 보는 사람도 없지 않다.

이곳에도 청담(靑潭) 스님 사리탑이 있음이여.
6 · 25 무렵 금선대(金仙臺) 토굴에서
그가 십년 참선한 공덕을 기림이다.

1996. 4. 10

와룡산 운흥사(臥龍山 雲興寺)

와룡산 한 줄기인 향로봉 기슭
아늑한 숲 속이나 넓은 절터 지닌
운흥사는 신라 가람。임진왜란 때엔
승병(僧兵)의 본거지였다고도 함。

대웅전 현판의 글씨가 묘한 것이
어쩌면 김생(金生)의 것일지도 모른다며
서예가 해청(海淸)이 가까이 다가옴
사진을 한 장 찍어 줄 수 없느냐며。

영산전(靈山殿) 아래 뜰에 희한한 것이 있음。
다름아닌 장독대。이렇듯 절마당에
운치있는 장독대 보기는 처음임。

장독대 둘러싼 돌담 위의 기와 보소。
이끼가 끼어 있음。하지만 장독들은
반질반질함。맑은 공기를 숨쉬는 까닭이리。

1996. 4. 10

벽발산 안정사(碧鉢山 安靜寺)

부도밭 둘레의 운치있는 노송이라든가
진입로 메운 장송(長松)을 바라보며 고개를 끄덕이다.
과연 벽발산은 소나무 산이로군.
안정사엔 금송패(禁松牌)가 하사될 만하군.

광화문(廣化門) 지나 대웅전 앞에 서자
그만 탄성을 지르다. 뜰엔 가득
부드럽기 짝이 없는 연두 잔디 깔려 있고
화려한 다풋집, 대웅전 단청은 알맞게 낡아

이젠 차라리 고청(古青)빛 일색인 게
더없이 아름답다. 둘레엔 온통 낏낏한 장송들이
맑고 서느러운 영기(靈氣)를 뿜는구나.

범종루(梵鍾樓) 안엔 만력팔년명(萬曆八年銘)의 문양이 섬세하고
매우 우아한 범종이 있다. 손끝으로 두드려도
대뜸 청아한 소리를 내는구나.

1996. 8. 22

벽발산내(碧鉢山內) 암자(庵子) 둘

굽이굽이 자갈 깔린 오름길 돌고 돌아
다다른 가섭암(迦葉庵), 즈믄 해의 고요 속에
파묻혀 있는데, 눈길 끄는 상사화(相思花),
꽃은 잎 못 보고 잎은 꽃 못 보아 상사화란다.

이어서 좀더 드높은 곳에 있는 의상암(義相庵) 찾다.
거기까지 오르느라 땀을 한 사발씩 흘린 일행은
샘물에 얼굴 씻고 머리를 감기도.
다시 기운내어 험한 길 오르다.

의상대사가 천공(天供)을 받으며 좌선을 했다는
바위를 찾아, 거암괴석들이 들쭉날쭉 모여있는
정상에 오르다. 대사가 앉았던

자리에 앉아 본다. 뼛속까지 씻어내는
삽상한 바람. 한눈에 들어오는 다도해(多島海) 절경에
일행은 신생의 환희를 깨닫는다. 삼탄사탄한다.

1996. 8. 22

미륵산 용화사(彌勒山 龍華寺)

해월루(海月樓) 지나니 공들여 만든 독특한 사적비와
사사자법륜탑(四獅子法輪塔) 등 석조물이 눈에 띔.
주불전인 보광전과 여러 당우들이
정연히 놓여있음. 절은 욱일승천(旭日昇天)의 기세.

조계총림 방장이며 용화사 조실이기도 했던
회광 승찬(廻光 僧讚) 선사, 그분의 거룩한
사리를 친견하고 적묵당에서
일행은 점심공양을 대접 받음.

보니 천정에 크나큰 붓글씨 용(龍)자가 붙어 있음.
힘찬 자획이 그대로 살아서 꿈틀거리는
용에 틀림 없음. 필자는 바로 승찬 노스님.

도대체 어디서 저런 불멸의 기(氣)가 나왔을까.
스님은 늙어도 늙지 않았고
입적해도 실상은 입적한 것이 아니라 여겨짐.

1996. 8. 26

미래사(彌來寺)

용화사 뒷숲 미륵산 오름길의
당당한 관음암과 도솔암 참배하고
통영시 앞바다의 승경도 부감하고
미륵도 해변 돌아 미래사에 당도하다.

넓은 터에 잘 배치된 당우들이 훌륭하이.
둘레엔 온통 늘씬한 키의 삼나무와 편백나무.
효봉 문중(曉峰 門中)의 발상지답게 영각에는
석두, 효봉, 구산 3대(代) 선지식 진영이 있다.

문득 어떤 친지 말이 떠오른다.
「만약 제가 승려가 된다면
종신토록 지내고 싶은 절이 미래사예요」

이곳에선 모든 것이 남으로, 바다로,
미래로 향해 있다. 아니 곧바로 우주로 열려 있다.
미래사의 미래는 왕왕양양하리.

1996. 8. 26

태화사지 십이지상부도(太和寺址 十二支像浮屠)

자장율사 개창의 태화사는 어디로
날아가 버렸는지 흔적도 없지만,
오직 하나 남은 석종형(石鍾形) 부도
지금은 학성(鶴城)동산 한 구석에 놓여 있다.

학성동산 아래로는 울산시의 젖줄,
태화강의 유유한 흐름과 더불어
시가지도 보이는데, 울창한 숲그늘 속
옛 부도는 특이하다. 장방형 대석에

종형(鍾形)의 탑신만 덩그렁 놓인 구조.
탑신 상부엔 감실이 파져 있고
그 아랜 두루 짐승머리 사람몸의

십이지상(十二支像)이 양각되어 있다.
감실이 설치된 부도는 처음 본다.
십이지상 양각된 부도도 처음 본다.

1996. 7. 27

254

청량산 문수사(淸凉山 文殊寺)

울산시 서쪽에
해발 600미터 청량산(淸凉山)이 솟아 있죠.
정상 가까운 절벽 가에 축대 쌓고
신축한 대웅전 규모가 당당해요.

그밖의 당우들도 뒤로는 암벽이고
주변은 울창한 수림에 싸였는데
확 트인 앞으로는 울산 시가지와
먼 동해(東海) 수평선이 한눈에 들어오죠.

오랜 역사 지닌 문수기도처로
알려진 암자가 일약 문수사로
면목을 일신한 건 어느 재벌 총수 공덕.

전각 지을 때 건축자재들을
주로 헬기로 운반하였다는
얘기는 지금도 전해지고 있답니다.

1996. 7. 28

영취산 망해사(靈鷲山 望海寺)

신라 헌강왕이 개운포(開雲浦)에 노니는데
갑자기 심한 구름 안개 자욱하여
길을 잃었다. 일관(日官)이 아뢰기를 「이는 필시
동해 용의 조화이므로 좋은 일을 해주어야

할 줄로 압니다」 왕은 신하에게
용을 위하여 근처에 절을 세우도록 명하였다.
이내 구름 개이고 안개가 흩어졌다.
개운포의 지명은 그래서 생겼던 것.

그래서 오늘날 중건된 법당 또한
여전히 바다 향해 동향일밖에.
법당 안팎엔 꿈틀거리는 용도 많을밖에.

한편 법당 좌후방 한적한 터엔
헌강왕대의 팔각원당형 석조부도 2기가
단아한 고풍(古風)을 지니고 있음이여.

1996. 7. 28

가지산 석남사(迦智山 石南寺)

가지산 산자락 맑은 계류 가의
진입로는 그대로 초록의 터널……
침계루(枕溪樓) 앞뜰에 새로 복원된
우뚝 솟은 3층석탑, 그리고 조사전

아래에 또 하나 신라 고탑(古塔) 대하매
반갑기 그지없다. 하지만 정말
정신이 번쩍 들게 놀라웠던 것은
대웅전의 후불탱화, 구도도 색채도

나무랄 데가 없다. 총건물 30여 동,
신라의 가지산파 선찰(禪刹)이 지금은
알뜰한 비구니 사찰로 되어 있다.

절 뒤 더없이 그윽한 곳엔
도의(道義) 선사 사리탑이 모셔져 있구나.
거기서 이몸은 잠시 적멸위락(寂滅爲樂)에 빠지다.

1996. 7. 29

금산 보리암(錦山 菩提庵)

금산 보리암, 와보니 정말 천하절경일세.
저만치 남해(南海)가 굽어뵈는 높이인데
거암, 기암, 괴석이 도처에 널려 있어
탄성을 거듭거듭 지르게 마련。

그중 영기(靈氣)서린 드높은 위용의 대장봉 아래
보리암 있구나。돌계단 내려가면
희고 우아한 해수관음(海水觀音) 서 계시고
그 앞엔 고풍의 삼층석탑 있구나。

용이 살았다는 긴 암굴에도 들어가 보고
원효의 좌선대, 이성계(李成桂)의 기도 터
그리고 정상의 봉수대까지

동분서주 누볐지만, 볼 데가 아직 많다。
왜 이곳을 금산 38경(景)
남해 소금강(南海小金剛)이라 하는지 알 만하이。

1996. 4. 12

호구산 용문사(虎丘山 龍門寺)

용문사 가는 길의 그윽한 산골짜기
각별히 물 좋고 나무들도 좋아라.
천왕문과 고색어린 봉서루(鳳棲樓) 사이에도
더없이 맑고, 찬 냇물이 흐르고 있음이여.

대웅전 앞마당 좌우엔 탐진당(探眞堂)과
적묵당(寂默堂) 서 있는데, 이른 봄 때문인지
벚꽃 한 그루 반쯤만 피어 있다.
이 절은 이름난 지장보살 기도 도량.

명부전 안엔 정교한 솜씨의
유서깊은 지장상이 모셔져 있어
일행은 일심으로 백팔배를 올리는 중.

그 분위기가 너무도 엄숙하다.
지심귀명례(至心歸命禮) 지심귀명례……
대비대원 대성대자 지장보살 마하살.

1996. 4. 11

쌍계사(雙磎寺) 가는 길

섬진강 맑은 봄물이 흐르매
기슭의 보리밭은 파아란 융단 되고
그 위로 흐드러진 벚나무 벚꽃들은
송이송이 극락의 황홀을 이루었네.

화개장에서 쌍계사까지 십리 벚꽃 길을
혼자서 걷고 싶어 서울서 찾아온 나,
원 풀고 한 풀듯이 걷고 있는 지금,
바람에 지는 꽃잎 따라 눈에선 눈물이 지네.

꽃이여, 벚꽃이여, 만개한 꽃무더기,
가도가도 새롭게 다가오는 아름다움,
꽃터널, 꽃구름, 꽃바람, 꽃무지개……

이 꽃길을 차 타고 쾌속으로 지나는 사람들아,
그렇게 바삐들 서두르지 말게나. 그건 차바퀴로
무상 속 영원을 유린하는 격이라네.

1988. 4. 23

지리산 쌍계사(智異山 雙磎寺)

쌍계사는 과연 양 겨드랑에 하나씩 흐르는
골짜기 물을 끼고 있더군. 고청(古靑)빛 대웅전
그 옆의 마애불 이끼 낀 미소에서
즈믄 해의 세월이 흘렀음을 실감했지.

놀라웠던 건 진감선사대공탑비(眞鑑禪師大空塔碑)였어.
(금당에 모셔진 육조정상탑(六祖頂相塔)보다도 말야)
거북등 위에 금 간 흑대리석, 거기에 새겨진
최치원(崔致遠)의 비문과 진필을 보자,

나는 그만 눈에서 비늘이 떨어졌지.
주변의 것이 전혀 새롭게 보이기 시작했어
대숲도, 목련도, 우람한 동백나무 동백꽃들도.

그 붉은 동백꽃들을 유심히 보노라니,
그 아래 주저앉아 기다리고 싶어지데, 언제까지라도,
동백꽃 툭 무릎 위에 지는 때를.

1988. 4. 23

261

지리산 칠불사(智異山 七佛寺)

멀리 인도에서 김수로왕(金首露王)에게 시집온 허황옥(許黃玉)은
아들만 무려 열이나 낳았다.
그중 칠형제가 출가 수도하여
성불한 곳이라서 칠불사란다.

첩첩 산들로 둘러싸인 이곳은
아자방(亞字房)으로 특별히 유명하다.
한 번 불을 때면 50일 동안이나
식지 않는다는 기적의 온돌 선방(禪房).

중건된 당우들이 당당하긴 해도
고풍(古風)이 결여된 게 아쉬울밖에.
하지만 새로 세운 사적비 곁에 있는

고청(古靑)빛 부도 둘을 보고 크게 감탄하다.
어쩌면 하나는 완벽한 범종(梵鍾) 형태인데
가운데 무가당(無價堂) 석자가 보임이여.

1996. 6. 24

칠불암(七佛庵) 아자방(亞字房)과 하동군수(河東郡守)

한 번 불 때면 50일 동안이나 식지 않고
두루 따뜻하다는 칠불암 아자방.
참선승 말고는 엄격히 출입이 제한된 그곳에
하루는 신임 하동 군수 나타났음.
꽃밭에 불쑥 들어온 거북처럼.

초도순시차 쌍계사에 왔는데
어찌 칠불암 아자방을 못볼소냐.
신임 하동 군수 똥고집이 대단했음.
그런데 공교롭게 때는 늦봄 오후
점심공양 뒤라, 별 수 없는 스님네들.

오수(午睡)에 몰려 앉아있는 스님네들
몰골이 말이 아님. 혹자는 하늘을
우러르며 졸고 있음. 혹자는 고개를
푹 떨군 채 땅 보며 꾸뻑꾸뻑 졸고 있음.
혹자는 몸을 좌우로 흔들면서 졸고 있음.

혹자는 심지어 방구를 퉁퉁 뀌며
졸고 있는 꼴이라니. 군수는 생각했음.
참으로 고약하군. 눈 뜨곤 못 보겠어.

이것이 공부하는 중들의 자세인가,
아니면 일부러 꾸며대는 짓거린가.

내 이자들 혼쭐을 내주리라.
며칠 뒤 군수는 칠불암에 편지 보냄.
귀사(貴寺)에 도승(道僧)이 많다고 들었는데,
목마(木馬)를 만들어 관아에 갖고 오소.
동헌(東軒) 마당에서 올라 타고 돌도록.

목마를 잘 타면 후한 상 주겠소만
안 그러면 큰 벌을 받을 줄 아시오.
이 청천벽력에 절 안은 뒤집혔음.
대책을 세우려고 거듭 의논하였지만
한숨만 나왔음. 침울해진 스님네들.

그때 탁자 밑에서 기어나온 사미승이,
염려 마십시오. 그 일은 제가 맡죠.
싸리나무로 목마나 한 마리 만들어 주십시오.
대중스님들은 결국 순순히 그 말에 따랐음.
물에 빠진 사람은 지푸라기라도 잡을 수밖에.

사미승 대하자 군수는 그만 어안이 벙벙했음.
하나 당당한 사미승 태도에 말문을 열었음.
목마를 타기 전에 물어볼 일이 있다.
칠불암엔 도승이 많다고 들었는데

모두 앉아 졸고 있는 추태가 웬 일인가.

도승이라고 특별히 별난 모습을 하고
있는 건 아닙니다. 그렇지만 얼빠진 듯
하늘을 쳐다보고 졸고만 있는 것이
도대체 무슨 공부란 말이냐.
그것은 앙천성수관(仰天星宿觀)입니다.

하늘을 보고 별들을 관찰하는 공부입죠.
상통천문(上通天文)하고 하달지리(下達地理)하여야만
천하만사를 알게 되고 중생제도가
가능할 테니까요. 그렇다면 머리를
푹 숙인 채 땅 보며 조는 자는?

그것은 지하망명관(地下亡命觀)입니다.
죄 짓고 죽은 사람 지옥 가게 마련이나,
그래도 그들을 구제할 방도 찾아
관(觀)하는 공부지요. 그렇다면 몸을
이리 흔들 저리 흔들 못 가누고 조는 것은?

그것은 춘풍양류관(春風楊柳觀)이랍니다.
유(有)에도 무(無)에도 집착해선 안 되듯,
마치 버드나무가 봄바람에 나부껴도
전후좌우 아무 데도 걸림이 없듯
달관해야 되니까요. 그럼 묻노니

*

방구를 퉁퉁 뀌며 졸고 앉아 있는
몰골은 무엇이냐? 그건 타파칠통관(打破漆筒觀)입죠.
남의 말은 듣지 않고 제 고집만 부리는 자,
사또와 같은 캄캄한 칠통배를
깨닫게 하는 공부인 것입니다.

군수는 속으로 혀를 차며 탄복했음.
어린 사미승이 이 정도로 둘러대니
그곳의 진짜 도승들이야 말해 무엇하랴.
자 그럼 어디 목마나 타 보아라.
한 번만 돌더라도 용서를 해주마.

사미승이 태연히 목마에 올라 타자
기절초풍할 일이 생겼음. 목마가 터벅터벅
동헌 앞마당을 무려 다섯 번이나
돌고 돌더니, 그만 두둥실 공중으로 떠올라서
아주 멀리 사라지고 말았던 것.

그제서야 군수와 육방관속들은
크게 발심하여 불교를 믿게 되고
쌍계사와 칠불암을 생불주처(生佛住處)로
떠받들게 되었거니. 군민들도 감화 입어
하동은 일시에 부처님 바다 되었다고 전해옴.

1996. 11. 30

전
북

모악산 금산사(母岳山 金山寺)

금산사에 큰불이 났을 때도
미륵 삼존불엔 불똥 하나 튀지 못했다나.
보수를 위한 가구물 안에
삼존불은 의연히 건재하시네.

석련대도 희한하고 6각다층석탑도 멋있지만,
송대(松臺) 위 아홉 용머리가 수호하는
석종(石鍾) 앞에 서니, 그 고색창연한
신령스러움에 심신이 맑아진다.

송대 뒤에 솟은 구릉에 함빡,
사방팔방으로, 펼쳐진 느티나무 섬세한 가지들,
그 사이사이로 겨울 벽공이 어쩌면 저럴 수가.

물기 어린 청옥(靑玉)의 푸르름이 치일칠 흘러,
시들고 야윈 풍물을 부드럽게 적셔주는구나,
천상(天上)의 모악(母岳)에서 흐르는 어머니 젖줄인 양.

1991. 1. 28

다시 가본 금산사(金山寺)

크고 너그러운 모악산 남록에
한껏 넉넉히 들어앉은 대가람.
보수 중인 보제루 비껴돌아 들어서니
새로 복원된 대적광전(大寂光殿) 당당하다.

그 옆에 잘 정비된 방등계단(方等戒壇),
송대(松臺)도 한결 위엄을 갖추었네.
옛 목조건물로는 이 나라 유일의
3층법당 미륵전(彌勒殿), 다시 봐도 놀랍구나.

자랑스럽구나 그 장중하고 균제된 모습이.
그 안을 메운 미륵장륙존상(彌勒丈六尊像) 앞에
오체투지한 채 종일 이몸은 머물고 싶네.

넓은 안마당엔 여기 저기 석조 보물
그보다도 눈 끄는 게 한 그루 잣나물세
꼭 와송(臥松)이 가지를 사방으로 드리운 모습.

1998. 5. 22

모악산 귀신사(母岳山 歸信寺)

한때 귀신사는 금산사를 말사로 거느릴 만큼
대가람이었다니 믿어지지 않는구나. 대적광전과
그 앞에 마주 놓인 명부전이 전부인데,
하긴 요즘 응진전 건축이 한창이다.

법당 앞에 휘장 치고 나한상들 손질하는
일손들 분주하니, 차츰 사세(寺勢)는 회복이 되려나.
법당 뒤 언덕 위의 삼층석탑 훌륭하다.
백제계가 틀림없는 단아한 위 아래.

그런데 그 옆에 돌짐승이 웬 일인가.
등 위에 거대한 남근석을 올려 놓은
돌개 한 마리 땅에 엎뎌 있다.

멀리 모악산 능선이 이어지고
둘레엔 시원한 녹음을 드리운 고목들 있어
귀신사 앞날을 미덥게 하는구나.

1998. 5. 23

승가산 흥복사(僧伽山 興福寺)

홍복사 둘레엔 운치있는 장송(長松)들이
멋대로 우거져 있는 게 반갑구나.
대웅전 왼편엔 삼성각(三聖閣) 있고
그 아래 뜰에는 무릎까지 땅에 묻힌

미륵석불 서 있구나. 특이한 것은
대웅전 오른편의 육모꼴 미륵전.
천정에는 면마다 다른 악기 연주하는
천녀(天女)가 여섯 하늘을 날고 있다.

절에 이렇다 할 문화재는 없지만
수령 칠백년의 네 아름도 더 되는
신단수(神壇樹) 있음이여. 그저 묵묵히 두 손을 대보다.

그 옆 설천(雪泉)의 물맛이라니.
늘지도 않고 줄지도 않는 수량,
여름엔 차고 겨울엔 안 차단다.

1996. 12. 30

진봉산 망해사(進鳳山 望海寺)

송림(松林) 우거진 언덕 전망대에서의
조망은 끝내준다. 서쪽은 망망 서해(西海),
동쪽은 김제와 만경의 망망 평야(平野),
이런 승지(勝地) 놔두고 어디에 절 세우랴.

진묵(震默) 대사가 처음 세웠다는 낙서전(樂西殿) 앞엔
두 그루 느티나무 거목(巨木)이 솟았는데
헐벗은 가지 사이 펼쳐진 겨울 바다,
일행은 어느덧 저만치 바닷가 돌밭에서

제상(祭床)을 차려놓고 용왕제 지내누나.
그들의 경건한 모습을 사진 찍고
다시금 망해사 이모저모 살피다.

청조헌(聽潮軒)이라는 허름한 요사채의
이름은 멋이 있다. 이런 때 느닷없이
종각의 범종(梵鍾)이 절로 소리를 낸다면 어떨까.

1996. 12. 30

성모암(聖母庵)

조선왕조 통틀어도 진묵(震默) 대사만큼
많은 이적과 신비에 싸인 스님은 없다.
승속과 귀천을 가리지 않고
불교이념 실천했던 희대의 걸승(傑僧)이나,

명리(名利)에는 아랑곳 않고, 유·불·선을 하나로
꿰뚫었던 풍류도인(風流道人). 또한 그는
효성이 지극했다. 홀어머니 모신 묘소(墓所),
그곳이 실지로 무자손천년향화지지(無子孫千年香火之地)일 줄이야.

오늘 우리 일행은 성모암 찾아
꽃과 향불 올리며 묘소를 참배하다.
천년(千年)을 투시한 대사(大師)의 법안(法眼)이여.

오, 정화(淨化)된 인연의 아름다움,
결국 종말은 없다고 해야 하리.
종말은 동시에 새로운 인연의 시작이겠기에.

1996. 12. 29

진묵 대사(震默 大師)의 선정(禪定)

진묵 대사가 봉서사(鳳棲寺) 상운암(上雲庵)에 계셨을 때다.
탁발행각에서 달포 만에 돌아온 대중스님들은
경악해 버렸나니。 앉은 자세 그대로
대사의 무릎엔 먼지가 수북했고,

얼굴엔 거미줄이 쳐져 있었기에。
겨우 선정(禪定)에서 깨어난 진묵은
큰 눈을 뜨고, 뜨락 건너 산들의
낙엽 진 모습, 초겨울을 깨닫는다。

「벌써 그렇게 시간이 흘렀는가?
자네들 떠난 것이
오늘 아침의 일인 것만 같은데……」

진묵이 이렇듯 깊은 선정삼매에 들 땐,
진묵은 이미 진묵이면서도 진묵이 아니다。
우주(宇宙)의 근원과 진묵은 하나로 통하는 까닭。

1992. 12. 1

주줄산 위봉사(珠茁山 威鳳寺)

위봉사에 당도하니 훤칠한 법당 앞뜰
흰 싸락눈으로 덮이어 있구나.
겨우 검푸른 소나무 한 그루와 요사채 앞에
이지러진 작은 고탑(古塔)이 하나.

그래도 위풍당당한 것은 정면의 보광명전(普光明殿).
내부엔 고색어린 정교한 닫집 아래
금빛 부처님과 좌우에 보살 입상,
젊은 비구니가 열심히 정례를 올리고 있다.

여기저기 봉황이 날개를 퍼덕이고 있는 것 같은
산들에 둘러싸여 위봉사인가.
왕년의 위봉사는 크게 사세(寺勢)를 떨쳤다던데.

한겨울이라 물 마른 위봉폭포, 위봉사만큼
세력이 줄었구나. 하지만 때 만나면
폭포는 다시 사방으로 위세를 떨치리라.

1995. 12. 20

종남산 송광사(終南山 松廣寺)

용(龍)머리가 많이 달린 일주문에서
곧장 이어진 천왕문과 금강문을 통과하려는데,
요란한 까치소리, 겨울 나목(裸木) 찬 가지에
수십 마리 까치떼가 까맣게 앉아 있네.

대웅전이 유달리 웅장한 까닭은, 안으로 들어가
보아야 알게 된다. 불단에 모셔진 금빛 삼존불
좌상의 크기라니! 나라에 어려운 일이 닥칠 땐
이 삼존거불(三尊巨佛)께서 밤새 구슬땀을 흘리신다고.

특이한 것은 범종과 법고와 목어를 매단
십자각(十字閣)의 건축구조. 보면 볼수록
희귀하고 정교한 솜씨임을 알겠네.

뜰 한가운데 키 큰 낙우송(落羽松) 모습도 희한하고.
넓은 장방형 사역엔 두루 흙돌담이 쳐져 있네.
일주문이 옛날엔 3킬로나 전방에 있었다네.

1995. 12. 21

능가산 내소사(楞伽山 來蘇寺)

내소사 입구 전나무 숲길엔 매미가 많았다.
중학교 선생 인호는 어느덧 십대의 개구장이,
손을 갖다대기만 하면 매미가 잡혔다.
잡아선 놓아주고, 잡아선 놓아주고……

화가 호중은 저만치 계곡에 가 있는가 싶더니
나뭇잎 사이사이 희롱하는 빛과 그늘을 그렸고,
이어서 부처님 그림을 그렸다. 불타는 주황과
녹색과 금색이 엇갈려 빛뿜는 찬란한 만다라를.

재조가 없는 나는 그저 대웅전 기둥이나 만질밖에.
단청은 이미 옛날에 퇴락했고, 수백 년 세월을
감내한 다음에야 비로소 드러나는 나무의 색조……

일복만 타고난 우리의 할머니들, 핏기라곤 없는,
정결하게 주름진 살가죽을 연상케 하는
그 기둥의 무쇠보다 단단해진 결이나 만질밖에.

1986. 11. 25

다시 가본 내소사

일주문과 천왕문 사이, 그 죽죽 뻗은
전나무숲은 여전히 기막히다. 10년 전 여름
이곳은 매미의 울음바다였다. 지금은 적막강산,
바닥엔 고요 서린 잔설(殘雪)이 깔렸으니.

대웅전 뒤로 능가산의 들쭉날쭉
굴곡선이 묘한 데다 두루 곳곳에
낭떠러지 바위벽이 철갑을 두른 듯.
아연 이곳이 별세계임을 점두케 한다.

대웅전 밖은 단청이 완전히
탈락하여 운치 있고, 내부엔 아직 고청(古靑)빛 단청
남아있어 고찰답다. 멋이 둑둑 떨어진다.

천정의 어떤 용은 여의주 물었지만
맞은편 용은 물고기를 물고 있어
재미가 있다. 그걸 만든 이의 마음이 헤아려져.

1996. 2. 13

미륵산 미륵사지(彌勒山 彌勒寺址)

미륵산 아래 광활한 미륵사지.
삼국시대 최대의 가람이 있었던 곳.
백제 무왕(武王)이 선화공주(善花公主)와 미륵산에 올랐다가
이곳 연못 가를 지날 때였다.

홀연 미륵삼존이 나타나매
연못을 메워 절을 세웠다나.
신라 진평왕(眞平王)이 석공을 보내
석탑 건립을 도왔다는 이야기도.

오늘 와보니 절터는 폐허지만
한국 최고최대(最古最大)의 석탑, 미륵탑은 반파된 채
옛 위용을 짐작케 한다. 한국 석탑의
시원(始源)은 이렇듯 목탑 양식을 돌로 옮긴 것.

노천(露天)에서 화강암 구조물이
천 오백년 쯤의 풍상을 겪어내면
이런 변화 이루는지, 이런 빛깔과
모양새와 냄새를 지니게 되는 건지.

그저 정답고 훈훈하기만 하다.

옛 백제인의 살과 피와 혼이
살아서 숨쉬는 듯。나는 그 돌들을
끌어안고 싶다。입맞추고 싶다。

하지만 나는 이만치 서서
또는 석탑 둘레를 천천히 돌면서
한없는 아쉬움을
그냥 눈맞춤으로만 달래고 달랜다。

이 참으로 광활한 절터에
여기저기 서 있었을 수많은 전각(殿閣)과
문루(門樓)와 석등(石燈) 등이
지금은 어데 가고 흔적만 남았느냐。

아니 흔적조차 묘연한 것이 너무 많구나。
하여 몇 해 전 이곳에 복원된 게
동쪽의 9층석탑。두 석탑 사이에도
실은 또 하나 목탑이 있었단다。

복원된 동탑, 그것은 돌을 기계로 자르고
다듬은 때문인지 정이 안 가누나。
돌에 혼을 불어넣은 고인(古人)들의
정성어린 손길에는 못 미칠밖에 없다。   *

천오백 년의 격차가 다소나마
줄어들기 위해서는 앞으로도 그만큼의
세월이 흘러야 되는 게 아닐까나.
미륵사지는 이제 이대로 남아야 할 것이리.

1996. 2. 17

적상산 안국사(赤裳山 安國寺)

해발 천 미터가 거뜬히 넘는 산,
옛 산성(山城)과 사고(史庫)로 이름난 산,
적상산 정상 가에 안국사는 자리잡다.
거기까지 차로 쉽게 오를 수 있다니.

구비구비 펼쳐지는 절경에 감탄하다.
산이 온통 가을빛에 물들어서
붉은 치마를 두른 듯하구나.
그래서 적상산(赤裳山), 국중제일정토도량이라 할 만도。

청하루(淸霞樓) 거쳐 본당인 극락전이 저만치 뵈는데
좌우에 거느린 지장전 천불전 등
당우들이 새로워서 고찰 맛은 아쉽지만,

본래 절이 있던 자리는 뜻밖에 저수지 되고
더 높은 터에 옮겨 앉은 까닭일까
하산한 뒤에도 몸에서 하늘 냄새 풍기는 것은.

1996. 11. 2

방장산 실상사(方丈山 實相寺)

경내에는 쌍을 이룬 삼층석탑, 너무 아름다워
숨을 못 쉬겠다. 그런데 더욱 놀라운 것은
그 독특한 돌의 빛깔이다. 티끌 하나 묻지 못할.
신라(新羅) 즈믄 해를 일순에 보여주는.

아마도 이런 돌의 혼(魂)이 배인 살갗에는
가을 푸르름이나 감히 근접할까.
칠성각 앞에 거목을 이룬 반송(盤松) 또한 놀랍다.
사방으로 퍼진 가지만도 수십 개.

약사전에 모셔진 철조 여래좌상(鐵造如來坐像).
근엄하면서도 원만한 자비상에
나는 어느덧 삼배(三拜)의 예를 올리고 있었다.

여래의 왼손은 반질반질 닳아서
윤이 날 정도, 소원을 빌고 비는
뭇 불자(佛子)들의 손길이 닿아서다.

1994. 9. 21

실상사 백장암 삼층석탑(實相寺 百丈庵 三層石塔)

초층 옥신 4면에는
보살입상과 신장상(神將像)이 면마다 2구씩 양각되다.
불법수호의 의지가 표명되어 있다기보다
뭔가에 귀를 기울이는 듯 도취의 표정이다.

앙련(仰蓮)이 받쳐든 2층 각면에는
주악천인좌상(奏樂天人坐像)이 2구씩 모셔져서
적멸위락의 음악이 연주되고,
그 가락이 천상천하에 울리고 있다.

그 오묘한 고요의 가락에
3층 각면에는 1구씩 천인상(天人像)이
탈혼(脫魂)의, 깊은 삼매에 들어 있다.

탑 전체에 장엄이 안 된 구석이 없구나.
통일신라 석탑 중 걸작의 하나.
너는 정히 찬미와 삼매와 공양의 화신(化身).

1994. 9. 22

도솔산 선운사(兜率山 禪雲寺)

동백꽃 철에 맞춰 선운사 가긴
힘들다 하더라도,
더구나 구름에 누우신 채로 선정(禪定)에 드신
문수보살 친견은 어렵다 하더라도,

선운사 가서 지장보살좌상을
못 뵈었다면 말이나 될 것인가.
선운사 옆의 골짜기 따라
가고 또 가면 나타나는 도솔암,

거기서 다시 그윽한 내원궁에
이르는 층암을 찾아내어 올라가라.
전각 안에 말없이 앉아 계신

지장보살께선 왼손으로 법륜을 굴리시며
금동(金銅)빛 자비광명 뿜고 계시나니.
그 모습 뵈오면 삼세업장이 소멸코 마느니라.

1986. 11. 26

다시 가본 선운사(禪雲寺)

오월 오일, 동백연에 맞춰
선운사 찾았으나, 실망했습니다.
동백꽃잎은 햇살을 받아도
찬란한 선홍(鮮紅)으로 타오르지 못했고,

진초록 잎엔 치일칠 흘러야 할
윤기가 없었어요.
이쯤 되면 동백(冬柏)도
춘백(春柏)도 못 된다는 생각이 들었지요.

다만 저에게 위안이 되었던 건
신록의 숲에 샘물처럼 솟던
해맑은 새 소리와 부도군(群) 속의

華嚴宗主白坡大律師大機大用之碑
이런 추사(秋史)의 끝내주는 붓글씨.
하마터면 이번에도 지나칠 뻔했었지요.

1995. 5. 7

전
남

백암산 백양사(白巖山 白羊寺)

백양사 가는 길엔 서어나무, 단풍나무,
비자나무, 굴피나무…… 바야흐로 신록의
황홀한 터널일세. 어떤 갈참나무는
두 아름도 더 되는 거목을 이루었고.

해강 김규진(金圭鎭)의 반듯한 해서체,
大伽藍 白羊寺의 현판에 눈을 씻고,
대웅전 너머 백암산 바라보니
백학이 한 마리 은빛 날개 퍼덕이데.

대웅전 뒷뜰엔 팔정도(八正道)를 나타내는
8층의 석존사리탑이 솟았는데
일찍이 만암(曼庵) 대종사가 세운 것.

나는 그러나 꽃잎 안팎이 온통 자색(紫色)인
한 그루 자목련에 시선을 빼앗긴 채
넋을 잃었다네. 아주 오래오래.

1995. 5. 6

무등산 증심사(無等山 證心寺)

광주의 명산, 무등산 기슭의 증심사는 당당하다.
황금의 궁궐 이룬 절 앞의 은행나무,
또한 대웅전 좌우에 무성한 파초도 볼 만하다.
오백전(五百殿) 오른쪽 맨땅에 있는 석조 보살입상도.

비로전 안의 철조 비로자나불좌상에 예배하다.
어디서 많이 뵌 듯하다는 인상을 받다.
미소를 머금은, 그 자비롭고 온화한 표정,
살아있는 즈믄 해의 고요가 느껴지다.

절의 건물은 여러 번 중수되었다 하더라도
바로 이런 부처님이 엄존하시기에
고찰 증심사는 그 면목을 유지하는구나.

회심당(繪心堂)에는 이 절의 대시주 정만재(鄭萬在) 노부부의
진영이 걸렸는데, 조선왕조 최후의 초상화가였던
80노옹 채용신(蔡龍臣)의 귀신이 곡할 만한 놀라운 솜씨.

1995. 11. 12

약사암(藥師庵)

멀리 무등산의 완만한 능선이 보이는 자리,
볕바른 터에 약사암은 의젓하다.
좌우에 신축한 요사채를 거느리고……
하지만 이 절에 천년의 무게를 안겨주는 것은

우선 뜰의 고색어린 삼층석탑,
더구나 그걸 법당에서 바라보니, 바로 배후에
사인봉(舍人峯) 봉우리가, 자연 그대로, 위대한 탑일세.
절묘한 조화 이룬 자연탑과 인공탑.

법당 안엔 신라 말의 석조 여래좌상,
새로 조성된 목각 탱화 앞에 잘도 모셔지다.
연꽃무늬 새겨진 목각 두광(頭光)의 솜씨도 일품.

전통문화란 이렇듯 살아서 숨쉬는 것이리라.
자연과 인공이, 고인(古人)의 솜씨와 금인(今人)의 솜씨가
서로 조응하며 하나로 어울릴 때.

1995. 11. 13

사자산 쌍봉사(獅子山 雙峰寺)

해탈문(解脫門) 당도하니 하마 두근두근 가슴이 설레다.
드디어 저만치 희한한 3층 대웅전 드러나자
이것이 꿈인가 현실인가 싶구나야.
호리호리 절묘하게 균형잡힌 아름다움。

극락전 앞의 두 그루 단풍나무
크나큰 단풍나무, 가을에 단풍 들면
오죽 황홀찬란할까, 숨도 못 쉬리라.
지금은 봉선화와 상사화(相思花)가 한창……

명부전 앞엔 무성한 파초가 지붕에 닿아 있다.
그 안엔 정교한 목각(木刻)의 시왕상(十王像)이
처음 그대로의 고요를 지키누나.

사자산문 개조이자 이 절의 창건주인
철감(澈鑑) 선사 추모하다. 그 걸작 부도탑과
탑비를 바라보며, 나는 한동안 떠날 줄 모르다.

1996. 9. 8

천불산 운주사(千佛山 運舟寺)

한반도의 산맥은 동쪽에 몰려 있어
국토는 동쪽으로 기운 배의 형국이라,
신라말 도선 국사, 호남평야 한복판에
천불천탑(千佛千塔) 조성하여 배의 수평 잡았다네.

즈믄 해의 풍랑(風浪)에도 용케 살아남은
겨우 십팔 기(基) 석탑들은 솟아 있네。
운주사 남쪽 낮은 구릉과 벌판에 여기저기。
석불은 겨우 칠십 구(軀)가 살아남고……

보라 저 두상만 남은 부처, 합장한 부처,
비스듬하게 기울은 부처, 하체만 남은 부처,
한번도 눈을 떠본 적이 없는 부처……

앉아 있거나, 누워 있거나, 또는 서 있거나
오오 그 표정은 너무도 무심해라,
이미 이목구비도 절반은 마모된 상태건만。

1991. 1. 10

동리산 태안사(桐裏山 泰安寺)

태안사 선원(禪院)에서 한 철 잘 닦으면
마침내 선탈(蟬脫)하여, 해탈문 밖으로,
훨훨 날아가지 않을까 싶다.
그토록 그윽하고, 안온하고, 고요하다.

청화(淸華) 큰스님은 어디로 가셨는지,
들리는 건 물소리요, 보이는 건 영산홍(映山紅).
그 중에서도 대웅전 앞뜰 한 무더기 영산홍은
황홀의 빛깔이 무엇인가를 일깨워 주네.

계곡을 가로탄 능파각(凌波閣)의 아름다움,
그 고풍스런 난간에 걸터앉아
어떤 더벅머리 노총각이 맨발을 흔드누나.

어쩐지 내 눈엔 그 노총각이, 그 옛날 지귀(志鬼)의
환생인 것만 같다. 여보게 이 사람아,
자네는 아직도 반은 실성한 사람의 표정이군.

1992. 6. 15

지리산 화엄사(智異山 華嚴寺)

영산(靈山) 지리산의 품에 안긴 고찰 중
갑찰은 어디일꼬? 긔야 화엄사지.
연기, 자장, 의상, 도선 등 신라 고승들이
정성을 쏟았고, 법등(法燈)은 면면히 고려로 이어졌지.

하지만 임진왜란 화엄사를 잿더미로.
그래도 그 잿더미 뚫고 화엄사는 소생했지.
동서로 놓인 영묘한 오층석탑,
고색창연한 대웅전도 훌륭하나,

보라 저 각황전(覺皇殿), 사찰로선 최대의 목조 이층을.
네 개의 거대한 날개를 활짝 편 듯
위풍이 당당하다. 차라리 장엄하다.

그 앞에 놓인 이 땅 최대의
석등(石燈)과도 어울리나, 뒷산의 빽빽한
늘 푸른 소나무완 너무도 기막힌 조화를 이루다.

1995. 7. 20

연기 조사(緣起 祖師)의 지성(至誠)

사경(寫經)에 쓸 종이를 만들려고 닥나무 가꿀 때
연기 조사는 향수를 닥나무 뿌리에 뿌렸네.
사경법회가 진행되는 동안에도 향을 사르었네.
화엄사(華嚴寺) 창건주, 연기는 인도 사람.

그의 홀어미, 늙은 비구니를 지성껏 모시었지.
화엄사 4사자 3층석탑 보면 알 수 있다.
3층석탑을 네 마리 사자와 함께 머리에 이고 선
그의 노모님 합장한 채 미동도 않고 있네.

이만치 떨어져서 꿇어 앉은 연기 또한
머리에 석등(石燈) 인 채,
차공양(茶供養) 올리려고 다기를 들고 있네.

석등엔 아직도 연기의 지극정성,
일심(一心)의 불이 켜지어 있음이여.
활활 투명하게 타오르고 있음이여.

1994. 6. 22

지리산 천은사(智異山 泉隱寺)

일주문 지나니 아연 선경(仙境)인데
계곡수 나타나고 그 위에 걸린
다리이자 누각이 수홍루(垂虹樓)라네.
주법당 극락보전 앞뜰에 솟던 샘이

감로와 같다하여 감로사(甘露寺)였었는데
여러 번 난리와 화재를 겪더니
샘이 자취를 감추고 말아
천은사(泉隱寺) 되었다네. 샘 있던 자리엔

석등이 서 있고. 앞뜰 오른편에
보이는 능선상엔 기기묘묘한 소나무들이
일렬로 서 있는 게 묘경을 이루다.

귀로에 문득 부도군 발견하고
고개를 끄덕인다. 부도군 있으매
새삼 무량의 무게로 다가오는 천은사 진면목.

1996. 6. 21

지리산 연곡사(智異山 鷰谷寺)

여러 번 병화(兵火)와 난리를 겪고도,
목조건물들은 번번이 회진돼도,
석조물만은 살아서 남는구나
두 개의 국보와 네 개의 보물.

정성을 다해 새로 지은 일주문과
대적광전, 요사채, 돌담 등도 좋거니와
특히 운치있게 옛스러운 해우소(解憂所)
건물을 보곤 회심의 미소 짓다.

졸속한 복원공사, 그것은 때로
개악이 되는 경우가 없지 않다.
전각(殿閣)이 많다 해서 명찰 되겠는가.

연곡사 경내의 넓고도 그윽하고
한적한 맛이라니! 절 뒤 계곡이
그대로 피아골로 이어진 까닭일까.

1996. 6. 26

연곡사 동부도(東浮屠)와 동부도비

대적광전 뒷숲으로 얼마 안 가서
동부도와 동부도비 기적처럼 나타나다.
높이 약 3미터의 팔각원당형(八角圓堂型) 고려초 부도.
우아하고 아름다운 완벽한 형태에다

정교한 조각장식 면마다 가득차다.
운룡(雲龍), 사자상(像), 팔부신중(八部神衆), 가릉빈가,
연꽃무늬 등. 상륜부 하단엔
날개를 활짝 편 봉황이 네 마리.

비신(碑身)은 결실된 채 귀부와 이수만의
부도비도 재미있다. 도대체 날개 달린
거북이 세상에 어디에 있으랴.

오직 이곳 연곡사 동부도비엔 있다.
날개 달린 거북 등엔 운룡(雲龍)이 업혔으니
그들은 순식간에 구천(九天)을 왕래한다.

1996. 6. 26

영취산 흥국사(靈鷲山 興國寺)

흥국사 가려면 우선 홍교(虹橋) 거쳐야지.
화강암 장방각석, 그걸로 용케 무지개 돌다리를
구축해 놓았으니. 돌무지개 선미(線美)따라
마음을 가다듬고 흐르는 물에 비추어 보아야지.

크고 장중한 대웅전 안의 후불탱화 인상적,
불보살 두광(頭光)들이 한결같이 녹청색이라는 것이.
대웅전 기단에 양각된 게와 거북
그리고 정면 돌계단 양편의 용(龍)머리들도.

무사전(無私殿) 현판에 마음이 이끌리어
안을 살폈더니 명부전이 분명하다.
하긴 명부에선 공평무사가 제일이 아니랴.

흥국사 이모저모 두루 보고 나오는데
그제야 눈에 띄는 열두 기(基) 부도
그 한가운데 노송(老松)은 물론 수호신장이리.

1996. 9. 7

금오산 향일암(金鰲山 向日庵)

여수(麗水) 앞 바다에 길게 뻗은
돌산도(突山島)에 가봤는가?
그 섬 맨 끝에 금오산이 있는데,
이름 그대로,
거대(巨大)한 거북이
바다로 들어가기 직전의 형국일세.

높이 쳐들린 거북등에 해당하는
금오산 중턱에
원효(元曉)가 개창한 신비의 고찰(古刹),
향일암은 있다네.

그 주변에서 산정(山頂)에 이르는
가파른 일대엔
집더미만한 바위들이 여기저기
기기묘묘하게
놓이고, 덮이고, 쌓이고, 솟았는데,
바위들 표면엔
놀라웁게도 거북등 무늬가
선명하게 드러나 있구나야.
참으로 신묘한

조화(造化)의 손길이 아닐 수 없소이다.

하긴 이미 놀라움은
향일암에 들어서기 직전부터.

겨우 사람 하나 통과할 만한
십 미터 암벽과 암벽 사이
그 위는 다른 암벽으로 덮였기에
바위굴이겠는데,
거길 빠져나가야
절에 당도하니,
그것이 이곳의 일주문(一柱門)인 셈이란다.

법당에는 〈大雄殿〉 대신
〈靈龜庵〉이라는 편액이 붙어 있다.
그 글씨가 하도 절묘해서,
그야말로 신령한 거북이 모양이라,
물어보니 경봉(鏡峯) 선사의 솜씨라고.

이 절 어디에서나
끝내주는 것은 바다의 전망이다.

법당 앞뜰에서도
탁 트인, 푸른 남해가 보이지만,
대중방에서는

세 끼 공양을 들면서도
눈동자에 창파(滄波)를 담을 수 있나니.
영기(靈氣) 서린 바다가 그대로 식탁이로구나.
해상(海上) 신선(神仙)을 부러워해야 할 까닭이 없다.
안 그렇습니까? 공양주보살님,
일이 고되다고 슬퍼하지 마시압.
설거지를 하면서도
망망대해를 볼 수 있는 부엌이
어디 달리 또 있을라구요?

아아, 그러나 좀더 드높은 곳,
관음전(觀音殿) 앞에서의 바다는 더욱 놀라운 바다.
일망(一望) 무제 바다. 영겁의 바다.
해인(海印) 삼매 바다. 빛뿜는 바다.
한 송이 크나큰 연꽃이 솟으면서
그 안엔 꿈처럼
관세음보살이 서 계신 바다.

문득 안 보이던
섬들이 차츰 보이기도 하나니.
그 이름도 거룩한
세존도(世尊島),
미타도(彌陀島),
연화도(蓮花島) 등등.

*

법당에서의
새벽 예불 때, 들었던 범종(梵鍾) 소리……
한껏 밤바다에 다가서 있는
팔각종루(八角鐘樓)에서 온 누리에로
우렁차게 울려갔던 소리 못 잊겠네.
꽈
앙
쩌르릉, 어둠을 몰아내던,
새벽을 열어가던,
윙
윙
웅
웅……
여운에 휘말려서
나의 전신전령(全身全靈)은
후들후들 떨리더니
어느덧 녹아내려
멸진해 버린 듯,
투명한 전율만이
메아리치던 일을.

하지만 끝내
향일암에서의 해돋이는 못 봤으니
이는 후일을 기약하란 뜻이런가?

1992. 3. 12

303

송광사(松廣寺) 밤 뜰

대기 오염에 찌든 지구가
그래도 본래의 정하디 정한 들숨과 날숨으로
화엄경(華嚴境)을 이룩한 곳,
조계산 서록의 송광사 밤 뜰.

일찍이 고려 때엔 십육 국사를 배출하였거니,
그 드높은 영성(靈性)의 향기가 별들에 닿음일까
밤마다 어질어질 취한 별들은 이곳에 내려온다.
귀신도 모르게, 은밀히, 소리없이……

새로 세 시쯤 되었을까 모르겠다.
요사채에서 냇가에 나온 나는
스스로의 소변을 은하수(銀河水)라 생각다가,

무심코 하늘을 우러러보았더니
바로 머리 위의 버드나무 가지까지
내려왔던 별들이 소스라치며 승천하는 것이었다.

1983. 1. 21

불일암 추억(佛日庵 追憶)
- 법정(法頂) 스님에게 -

불일암(佛日庵) 별고 없겠지요?
구산(九山) 큰스님도 안녕하시고요?

대나무를 엮어서 만든 샤워장,
(안에서는 밖이 보이지만
밖에선 안 보이는 초현대식
이 세상에서 가장 운치 있는 목욕간 말예요)
겨울철이라 요즘은 이용이 안 되겠군요。

제가 갔을 땐
소쩍새 울음도 들을 수 있었는데,
빗방울 후두기는
파초 잎도 볼 수 있었는데。

어스름이면 이내 폭 포시시⋯⋯
소리를 내며, 수십 수백의 달맞이꽃이
하얗게 피어났죠。불일암(佛日庵) 뜰은
삽시간에 달빛바다, 화엄경(華嚴境)이 되더니만。

지금은 온통 백설(白雪)의 바다겠죠?
적설(積雪)의 무게를 견디지 못해

우지끈하고 가지 부러지는 소리도 나는.

나뭇내 싱그럽던
뒷간의 틈 사이로 보이던 댓잎,
청개구리나 다람쥐들도
잘 과동(過冬)을 했으면 좋으련만……

스님, 아무쪼록 몸조심 하세요.
방금 저는 재채기를 했습니다.
조계산 계곡물도
천한 이 몸 안에 들어와서는
콧물 눈물로 둔갑하는 모양예요.

참, 자정 국사(慈靜國師) 묘광(妙光)의 부도비도
잘 있겠지요?

1981. 1. 18

조계산 선암사(曹溪山 仙巖寺)

승선교(昇仙橋) 지나니 강선루(降仙樓) 나타난다.
아하, 예가 바로 선경(仙境)이로구나.
고찰 중의 고찰이 선암사라더니,
고색창연한 당우들이 멋있구나.

퇴락한 채로, 방치해 두고 있는,
그것이 더욱 선미(禪味)를 자아낸다.
낡은 연못에 갓 피어난 듯한
백련꽃 한 송이가 유난히 청순해라.

무량수각(無量壽閣) 곁에 있는 돌담에서
옆으로 뻗은 와송(臥松)은 와선(臥禪)삼매……
이미 수백년의 세월이 흘렀으리.

무우전(無憂殿) 앞마루에 잠시 앉아 본다.
심신이 그렇게 편해질 수가 없다.
선암사엔 기어이 한번 더 와봐야지.

1992. 6. 19

가지산 보림사(迦智山 寶林寺)

신라(新羅) 구산선문(九山禪門)의 하나
가지산문의 중심도량 아십니까.
보림사엘 가보세요.
눈에서 비늘이 떨어질 것입니다.

대적광전(大寂光殿) 앞뜰에 쌍으로 놓인 3층석탑과
가운데 있는 석등을 잘 살펴 보시기를.
그 완벽한 균형과 조화미에
당신은 넋을 잃게 되겠지요.

철조 비로자나불좌상 앞에 서면
문득 불자(佛子)로서의 솟구치는 환희심이
당신을 은연중 떨게 할 터이고.

진정 역사의 의미란 무엇일까.
그런 새삼스런 물음이 일겠지요.
보조선사창성탑(普照禪師彰聖塔)과 탑비(塔碑)를 바라볼 땐.

1995. 5. 8

만덕산 백련사(萬德山 白蓮寺)

백련사(白蓮寺) 진입 길이
울창한 동백나무 숲 속에 있을 줄야.
오월 초인데 아직도 동백꽃이
진홍(眞紅)의 미소를 머금고 있을 줄야.

신라 때 개산(開山)된 이 고찰이
크게 중창된 건, 고려 천태종의
중흥조 원묘(圓妙) 국사 공덕이라네.
그의 문중에선 8명의 국사가 배출되기도.

만경루(萬景樓)에선 남해의 한 자락,
강진만이 보이누나. 명부전 앞의
자목련도 놀랍고, 응진전 앞의

모란도 완벽하다. 붉은 꽃잎이
그렇게 신선하고 황홀할 수가 없다.
코를 갖다대니, 곧 질 거라고 속삭이는구나.

1995. 5. 9

월출산 무위사(月出山 無爲寺)

기암괴석들의 집결지인 듯한 월출산 동남록
넓은 들판에 자리잡은 무위사(無爲寺)。한적하고
그윽하다。옛날 전각들은 어디로 사라지고
이제 남은 건, 고색에 절은 선각(先覺) 대사비와

일당백의 건물, 극락보전(極樂寶殿)일세。
정면 3칸, 측면 3칸의 소박한 주심포(柱心包)집。
참으로 절묘한 건축미를 얻고 있어
단순하면서도 우아하고 정중하다。

내부에 모셔진 아미타 삼존상은
순금빛 광명을 뿜고 있지만
후불벽화는 녹청색을 많이 사용한 까닭일까。

가라앉은 색감에다 그 섬세한 필치의 부드러움,
구도(構圖)의 정묘함이 보는 이의 마음을
절로 아미타불 세계로 녹아들게 이끌고 있다。

1995. 5. 12

310

월출산 도갑사(月出山 道岬寺)

도갑사는 자리잡다 월출산 서남록에.
정문인 해탈문(解脫門)엔 두 인왕(仁王) 말고도 보현 문수
두 동자가 흰 코끼리와 사자에 올라탄 채
각기 그윽한 명상에 잠겨 있다.

저만치 석탑과 대웅전이 보이는데
길 양쪽에 이색적인 대숲이.
미륵전 안엔 고려 때 석가여래좌상이 있다.
광배(光背)와 불상이 하나의 돌로 만들어진 것.

그 꾸밈없는 소박한 모습과
미소를 머금은 표정에 반하겠다.
창건주 도선(道詵)과 중창주 수미(守眉)의 공적을 새긴

석비도 놀랍구나. 여의주(如意珠) 입에 문
돌거북 머리가 약간 우편으로 돌려져 있어,
마치 거북은 지금도 조용히 살아서 숨쉬는 듯.

1995. 5. 16

두륜산 대흥사(頭輪山 大興寺)

대흥사 들어가는 장장 십리 숲길
신록에 눈 씻다가, 고색창연한 부도군 앞에서
숙연해지다. 이 절이 배출한 수많은 고승대덕……
겨우 서산(西山) 부도와 초의비(草衣碑)를 찾아내다.

심진교(尋眞橋) 건너 침계루(枕溪樓) 지나니
원교(圓嶠)의 글씨인 '大雄寶殿' 편액이
이마에 찍히는데, 그 옆 백설당엔
추사(秋史)의 '無量壽閣' 넉 자가 부드럽다.

천불전(千佛殿)의 연화문양 문살의 아름다움,
더구나 뜰 아래 때마침 만발한
영산홍과 자목련의 황홀한 아름다움.

표충사(表忠祠)와 서산(西山) 대사 유물관을 보더라도
알 수 있듯, 대가람 대흥사는
정히 서산종(西山宗)의 종찰이라 할 만도 하이.

1995. 5. 11

일지암 일박(一枝庵 一泊)

대흥사에서 두륜봉 향해 가파른 길을
깊숙이 올라가야, 확 트인 곳,
일지암은 있어라. 시 · 다 · 선 · 교(詩 · 茶 · 禪 · 敎)를
하나로 꿰뚫었던 초의(草衣) 스님 주석처.

현재의 일지암은 조자용(趙子庸) 설계로
새로 지어진 것. 기발하고 운치있네.
출타 중인 여연(如然) 스님 특별 배려로
일박(一泊)이 허락되니, 기분이 너무 좋다.

소설가 지망생, 머리 기른 이행자(李行者)가
정성껏 대접하는 차와 저녁공양.
그는 구수하게 이곳의 일화들을 털어놓는구나.

따뜻하고 안온하기 알토란 같은
일지암에서의 일박을 못 잊겠다.
꿈속에서나마 초의 스님 친견은 이뤄지지 않았지만.

1995. 5. 27

달마산 미황사(達磨山 美黃寺)

소박한 아취와 정감어린
돌축대 사이로, 저만치 대웅보전,
기막히게 아름다운 고찰(古刹)이 드러난다.
아, 저것이 미황사 법당이군.

내부엔 고청(古靑)빛 단청이 남았지만,
밖은 퇴색되어, 고목의 속살 그대로일세.
배경의 달마산은 들쭉날쭉 뾰죽뾰죽
암봉들 이어진 게 소금강이 펼쳐진 듯.

정면 3칸, 측면 3칸의 팔작지붕 다폿집.
공포(拱包)의 많음이 이렇듯 우아하고
정중한 장식성을 과시하는 것일 줄야.

두 개의 탈색된 용머리도 매우 인상적이구나.
명부전 앞뜰의 모란도 영산홍도,
또한 배나무의 하이얀 배꽃도.

1995. 5. 10

모악산 불갑사(母嶽山 佛甲寺)

모악산 기슭의 천년고찰 불갑사
모처럼 찾는 날에 초록비 주룩주룩
천왕문 향해 돌계단 오르는데
하마터면 밟을 뻔, 두꺼비와 청개구리.

수리 중인 만세루 건너편엔 당당한
대웅전 진좌하다. 좌우에 명부전과
일광당(一光堂) 거느리고. 단청이 탈락된
기둥의 고색이 더없이 정다워라.

방초춘우(芳草春雨)의 편액 걸린 승방에서
차 대접 받으매 온몸이 귀 되누나.
땅에 비 듣는 소리가 들림이여.

초록비 맞고 나무들은 더욱 푸르러지다.
돌담도 비에 젖어 제빛깔 드러내고
불두화(佛頭花), 장미, 붓꽃들도 끼끗해라.

1996. 6. 5

백련사(白蓮寺) 가는 길

백련사 가는 길은 꽤 가파르나
잘 닦아 놓은 돌길이어서 힘들지 않다.
기둥 모양의 자연석 둘 서 있는 것이
그냥 그대로 일주문인 셈이다.

신장상 같은 바위들이 앞을 가린
길가에 보니 예쁜 야생화들
그중 순백의 꽃이 하나 있는데
백련사 주지 자환 스님 모습 같다.

그때 난데없이 공중을 유유히
선회하는 매 한 마리
그것이 불길한 징조일 리는 없지.

마지막으로 우거진 동백숲 터널을 지나면
거기 백련사가 떠 있는 것이다
천하의 비경 속에 한 송이 연꽃으로.

1998. 12. 27

백련사(白蓮寺)에서의 전망은 기막히다

청산도 한복판 대봉산(大峯山) 중턱에
남향해 있는 비구니 사찰, 백련사에서의
전망은 기막히다。 절은 크지 않지만
이만한 명당자리 만나기 어려우리。

전방의 매봉산과 보적산 두 산은
바다 향해 머리 든
두 마리 거대한 공룡의 모습。
그 사이로 바다는 황홀히 꿈꾸는 은(銀)빛 일색인데

여서도(麗瑞島) 전경이 선명하게 수묵(水墨)빛으로
드러나 있음이여。 아제아제바라아제
저 섬에 가고 싶다 그런 마음 일게 하네。

보적산 옆으로 펼쳐진 바다에는
수평선에 짙은 안개가 깔렸는데
놀라워라, 그 위에 아련히 한라산 윤곽이 떠 있네。

1998. 12. 28

백련사(白蓮寺) 달밤

저녁에는 장엄한 일몰(日沒)에 반하다.
이곳의 달밤은 또 얼마나 좋겠습니까?
했더니 주지 스님 자고 가길 권한다
바로 어제가 보름달이었다며.

밤 세 시에 저절로 잠이 깨다.
살그머니 나가서 몽유병환자처럼
달밤을 거닐다. 뼈가 시리도록 차고 맑은 달.
손을 들어보니 손금이 선명하다.

너무 멀어선지 산과 바다와 하늘은 거의
구분이 안 된다. 그저 아슴프레 몽롱할 뿐이지만
주변의 억새들은 사뭇 속속들이 허옇게 드러난다.

아무리 자려해도 소용이 없다. 뇌세포에까지
달빛이 스민 모양. 네 시에 다시
밖으로 나가다. 달도 이젠 탈혼(脫魂)의 상태.

1998. 12. 28

제주

한라산 관음사(漢拏山 觀音寺)

한라산 동북 기슭, 관음사 있어라.
일주문 지나니 진입로 양측에
울울한 측백나무, 천왕문 지나서는
키 큰 삼나무가 시원시원 줄 서 있네.

겨우 근 백년을 헤아리는 절이지만
제주도 수찰(首刹)로서 규모가 적지 않다.
법당 앞뜰엔 흰 화강암의
쌍사자 석등 둘과 삼층 석탑이.

둘레에 잎 떨군 나무들이 많아선지
아직은 썰렁해도, 초록이 살찔 때
다시 이곳 찾는다면 느낌이 다르리라.

귀로에 들면서도 내 뇌리에 선명한 것은
반야용선(般若龍船) 탱화다. 그렇게 세밀히
아름답게 그려진 건 본 적이 없었기에.

1997. 3. 27

한라산 법화사(漢拏山 法華寺)

제주도 서귀포, 평지나 다름없는
한라산 자락에 천년고찰(千年古刹) 있었다네.
이름하여 법화사. 그것이 오랜 인멸상태에서
불사조처럼 되살아날 줄이야.

우선 복원된 우람한 대웅전,
그 옆마당엔 초석과 지대석 등
옛날의 대가람을 실증하는 유물들이 놓였구나
부슬부슬 내리는 봄비를 맞으면서.

주지스님은 출타 중이라며
미안해 하는 젊은 객승(客僧) 한 분
'복원(復元)되는 법화사(法華寺)' 책자를 건네준다.

어쩐지 나로선 저 신라의 해상무역왕,
장보고 창건설이 무조건 믿어지네.
봄비 맞는 일도 오늘은 도무지 싫지 않아라.

1997. 3. 26

'미(美)의 사제' 혹은 '시(詩)의 보살'의 길
수연(水然) 박희진(朴喜璡)의 백사백경론(百寺百景論)

고영섭 / 시인, 동국대 불교학과 강사

1. 민족(民族)의 시인

　모든 시인은 '민족의 시인'이 되고 싶어한다. 여기서 '민족'이란 단어
는 어떠한 민족의, 민족에 의한, 민족을 위한이라는 의미보다는 오히려
자국의 시간적·공간적 의미를 넘어서는 범세계성이라는 함의를 지니고
있다. 흔히 말하듯 가장 민족적인 것이 가장 세계적인 것으로 평가받게
된다는 말은 그래서 나온 것이이라. 시인 수연(水然) 역시 마찬가지다. 때
문에 한국 문화의 독자성과 보편성을 시로 드러내고자 하는 수연 시(水然
詩)에서 우리는 민족의 무늬를 읽어낼 수 있다.

　최근 일급 호텔을 마다하고 한국불교문화의 보고인 합천 해인사를 방
문한 일본의 오부치 총리는 해인사 1200년 역사 이래 최고의 상차림(22
가지)을 받고 한일 불교문화의 교류를 제의했다. 또 해가 지지 않는 나라
로 불렸던 대영제국의 엘리자베스 2세 여왕이 우리의 일급 숙소를 물리

322

치고 안동의 봉정사와 도산서원 및 하회마을을 찾아가 자신의 73세 생일 잔치 상차림(47가지)을 받았던 일은 문화 선진국으로서의 면모를 과시한 사건이다.

언젠가 수연(水然)은 "금세기에 들어와서 아시아의 변방에 있던 조선 (대한)이 세계 의식을 가지게 된 것은 역사적으로 세 사건, 즉 1919년 3·1운동의 「기미독립선언서」에 나타난 '세계만방'이라는 의식의 투영, 1950년에서 1953년에 걸친 6·25라는 전쟁의 체험, 1988년 서울에서 열린 제24회 세계올림픽을 통해서였다. 세계 안의 한국에서 한국 안의 세계 에로의 인식전환이 그렇게해서 이루어진 것이다.이젠 한국에서도 단군 이래의 축적된 에너지, 온갖 역사적 시련을 겪었기에 정련될 대로 정련된 에너지로 세계를 향해 한껏 빛뿜을 대시인(大詩人)이 나올 만도 하다" 했다.

우리는 바야흐로 세계화와 국제화를 외치는 시대에 살고 있다. 이제 국제사회에 명함을 내밀수록 우리는 스스로를 돌아보지 않을 수 없게 되었다. 현대 서양의 대표적 철학자인 리처드 로티(미국)나 하버마스(독일) 같은 사상가가 우리 나라에 와서 하고 간 얘기들은 우리로 하여금 겨레의 정체성을 생각하게 하였다.

"당신들은 왜 이 땅의 독창적인 두 사유, 즉 문아(원측)·원효·의상 등이 이룩한 불교사유와 퇴계·율곡·다산 등이 성취한 유교사유를 놔 두고 칸트나 헤겔에만 집착하느냐? 당신들이 아무리 잘 해봐야 독일인인 우리의 칸트와 헤겔 연구보다 잘 할 수 있느냐?" 그들은 우리의 폐부에까지 비수를 꽂고 갔다.

우리에게 우리를 표현할 수 있는 사유와 문화는 무엇인가? 우리에게 문화는 있는가? 우리의 문화는 과연 무엇인가? 다른 나라에서 찾아볼 수 없는 우리만의 것, 또는 우리의 향기가 담긴 우리 것은 무엇인가? 우리

문화의 독자성과 보편성을 생각할 때 가장 먼저 떠오르는 것은 불교문화
와 유교문화이다. 특히 불교문화의 특성은 자연 친화적이라는 데에 깊은
의미가 있다. 수연 시는 거기에서 출발한다.

> 그 탈색한 주름진 기둥의 부드러운 살갗에서
> 나는 깨닫나니 살아서 숨쉬는 이 땅의 전통문화,
> 생명의 진수에는 늙음이 없다는 걸.
>
> — 「덕숭산(德崇山) 수덕사(修德寺)」의 마지막 연

문화는 동서고금의 천재들이 나누는 대화다. 때문에 여기에는 동과 서,
고와 금이 어우러져 있다. 서로 계발하고 공부해서 향상일로(向上一路)로
나아가야만 새로운 문화가 탄생할 수 있다. 시인은 생명의 진수에는 늙음
이 없다고 통찰한다. 젊음은 나이가 아니라 생각이듯이 문화의 진수는 생
명성이지 연륜이 아니기 때문이다. 늙음으로 상징되는 탈색과 주름 속에
서 이 땅의 전통문화의 진수를 발견해내고자 하는 수연의 지향(志向)은
이 시집 전체를 꿰뚫고 있는 에스프리인 것이다.

수연의 이 시집 『백사백경』은 '또 하나의 문화' 다. 문명의 정화인 사찰
과 자연의 진수인 명산이 만나 수놓은 미(美)의 극치! 화엄(華嚴)의 만다
라! 거기에는 천지인(天地人) 삼재(三才)가 하나로 융화되어 있다. '매미
가 허물을 벗듯이' 속진(俗塵)을 여의고 시인은 신비로운 자력에 끌려 참
으로 많은 사찰을 탐방했다. 거기에서 걸러낸 언어의 사원 247채! 시의
장엄이 볼수록 절묘하다.

시인은 "처음도 좋고 중간도 좋고 끝도 좋다"는 불경의 말처럼 이 시집
에 실린 247편의 시가 모조리 잘 읽힌다고 자부한다. 해당 사찰만의 특성
을 그는 '귀신 곡할 만한 통찰' 로 집어내어 원숙한 솜씨로 형상화한다.

수연이라는 시인만이 가능한 시라고 할 수 있다. 그런 의미에서 그는 수십년 동안 '준비된 시인' 임에 틀림없다.

시집 『백사백경』을 낳게 되기까지 그가 기울인 시간과 공력은 이루 다 말할 수 없으리라. 다만 분명한 건 『백사백경』 또한 오래 전부터 민족시인으로서의 부단한 자기 추구, 즉 우리 문화의 정체성 탐구의 일환이라는 사실인 것이다.

2. 미(美)의 사제

오십여 년의 세월 동안 쓰여진 수연 시는 크게 3기(초·중·후기)로 나눠볼 수 있다.

초기시(1-4시집)는 데뷔작인 「관세음상에게」와 「항아리」 및 「잠을 기리는 노래」 등이 담긴 처녀시집 『실내악(室內樂)』(1960)에서부터 『청동시대(靑銅時代)』(1965), 『미소(微笑)하는 침묵(沈默)』(1970)을 거쳐 시인의 정신사적인 갈등의 드라마이자 그의 전반생의 대표작인 『빛과 어둠의 사이』(1976)에 이르는 30대 초반에서 40대 중반에 쓴 시들이다.

중기시(5-10시집)는 『서울의 하늘 아래』(1979)에서부터 『사행시(四行詩) 134편(百參拾四篇)』(1982), 『가슴 속의 시냇물』(1982), 『아이오와에서 꿈에』(1985), 『라일락 속의 연인(戀人)들』(1985), 『시인아 너는 선지자 되라』(1985)에 이르는 다양한 주제와 형식 실험시로 정리되는 40대 후반에서 50대 후반에 쓴 시들이다.

그리고 후기시(11-19시집)는 『삼국유사』의 향가들을 새롭게 형상화한 신향가집 『산화가(散花歌)』(1988)에서부터 『북한산 진달래』(1990), 『사행시(四行詩) 삼백수(三百首)』(1991), 『연꽃 속의 부처님』(1993), 『몰운대의 소나무』(1995), 『일행시(一行詩) 칠백수(七百首)』(1997), 『문화재 아아 우리 문화재!』(1997), 『백사백경(百寺百景)』(1999), 『화랑영가(花郎靈歌)』(1999)에 이르는 불교정신과 풍류정신으로 귀결되는 50대 후반에서 60대 후반에 쓴 시들이다. 시인은 시력 50여 년에 이르는 반세기 동안 모두 19권의 시집을 상재했다. 이렇게 많은 시집 가운데에서 이 『백사백경』은 수연 후기시의 대표적 시집이 된다.

　수연은 약관에서부터 '미의 사제' 또는 '시의 보살' 이 되기를 염원했다. 저 6 · 25라는 폐허의 무덤 속에서 '미(美)란 사람을 절망케 하는 것' (「관세음상에게」)이라는 통찰을 할 수 있었던 것이나, '가장 숭고하고 위대하고 완벽한 인간' 인 석가모니의 정신이 담긴 불교문화를 기리는 노래를 불렀다는 것에서부터 미(美)와 시(詩)의 달인으로서의 면모는 예견되었던 것이다.

　수연(水然)은 일찍부터 불교적 심성에다 심미적 감식안을 겸비하였다. 진선미(眞善美) 가운데에서 가장 마지막에 오는 미(美)는 이미 그 안에 진(眞)과 선(善)을 아우르고 있는 것. 굳이 말하자면 혈육화된 진과 선이 살아서 숨쉬도록 활력을 부여하는 그것이 미일진대, 미란 바로 생명 표현의 오메가이자 알파인 것이다. 누구보다도 미에 민감하고 미에 도취하여 찬미에 헌신하는 시인은 그러기에 생명의 예찬자요, 빛의 사도라 일컬을 만도 하다. 평생을 두고 '인간의 미', '예술의 미', '자연의 미' 를 탐구해 온 수연(水然)을 두고 '미의 사제' 또는 '지적 심미가' 라 칭하는 것은 너무도 당연하다. 그는 처음부터 심미적 관점에서 불교에 접근해 갔다. 불교문화의 정화인 사찰 또한 그에게는 심미의 대상으로 인식되었던 것이다.

　그 소박하고 단아한 짜임새,
　하지만 기품있는 고격(古格)을 깨닫겠다.

예술의 극치는 단순성에 있는 것.

—「천등산(天燈山) 봉정사(鳳停寺)」의 마지막 연

격조와 기품은 오랜 훈습 속에서 만들어진다. 무릇 고전이란 무수한 시간과 공간의 무게를 견디고 살아남은 것이다. 하여 우리는 거기에서 동시대성을 발견하는 것이다. 고전 속에는 어떠한 보편적 의미와 가치를 지닌 내면 공간이 담겨 있다. 때문에 고전 속의 시공은 오늘 여기의 시공을 넘어서는 것이다. 그런데 그러한 고전 또는 예술의 극치는 '단순성'에 있는 것이다. 단순성과 순수성은 둘이 아니다. 이 시에서 말하고 있는 단순함 속에는 순수함이 담겨져 있다. 그 소박하고 단아한 짜임새, 즉 완벽한 구조 속의 질박함과 순수함이 바로 보편적 감명을 자아내는 비결인 것이다.

수연(水然)의 시집 『백사백경』은 편편이 다 그 절과 산을 답사하지 않고서는 절대로 쓸 수 없는 주옥의 절창이다. 주변의 산세와 고찰이 어울려 자아내는 조화미뿐 아니라 그 고찰 고유의 분위기와 특성, 가람의 배치, 건축미의 분석, 단청의 아름다움, 법당 내외에 산재해 있는 각종 문화재급 불상, 탱화, 석탑, 당간지주, 부도비, 범종 등에 이르기까지 시인은 구석구석 그 심미적 감식안을 번뜩인다. 허나 그 무사(無私)의 눈길은 언제나 더없이 맑다. 시인은 눈으로 보고 듣고 느끼고 생각하고 찬탄한다.

3. 시(詩)의 보살

산에는 절이 있다. 절은 예배공간이자 불교문화의 꽃이다. 절의 문화에서 태어난 시는 언어(言)의 사원(寺)이다. 불교문화재의 보고이자 예술미의 극치를 이루고 있는 사찰은 당연히 시인으로 하여금 시상을 불러 일으키게 한다. 입차문내 막존지해(入此門內 莫存知解)! 이 문 안에 들어와서는 알음알이를 내지 말라고 누가 말했던가? 시는 알음알이가 아닌 노래인 것을….

수연의 『백사백경』에는 사찰과 명산에 대한 정보가 가득하다. 그러나 그 정보를 나열하는 것이 아니라 시적 흥취 속에 녹여서 전달한다. 한 편 한 편의 시에 그 사찰 특유의 분위기랄까 개성이 담겨 있어 입체적인 느낌을 준다. 우리 나라 명산 고찰을 소개하는 가이드북으로서의 역할도 톡톡히 하고 있다.

그의 오랜 시적 역정은 단 두 마디로 '미의 사제'와 '시의 보살'의 길이었다고 말할 수 있다. 『백사백경』은 그러한 도정에서 얻은 '사리(舍利)'와 같은 노래들이다.

대부분의 사찰시는 14행시의 형식을 취했다. 여기서 잠깐 시인 자신의 말을 들어보자. "나는 이 14행시(4·4·3·3)의 연(聯) 구분과 행수제약(行數制約)을 대단히 좋아한다. 시(詩)의 기본적인 발상전개법인 기승전결(起承轉結)과 멋지게 맞아 떨어지기 때문이기도 하거니와 자칫하면 빠지기 쉬운 군더더기와 요설의 위험을 벗어나게 해 주기 때문이다"(「내게 있어 사찰(寺刹)이란」). 그의 14행시는 그가 즐겨 써온 4행시를 증광(增廣)한 것이라고 볼 수도 있다.

수연의 14행시는 소네트에서 암시받은 것이지만, 동양의 고전적 시형식인 절구(絶句)의 기(頭)·승(頷)·전(頸)·결(尾)의 호흡을 현대적으로 재조정 한 것이다. 수연은 일찍이 1행시, 4행시, 14행시, 민요시, 장시 등 다양한 형식실험을 해 온 시인頌로 알려져 있다. 4행으로는 너무 짧아서 다 표현하지 못하는 것을 14행시는 완벽하게 그려낼 수 있다는 점에서 수연이 각별히 애용해 온 것이다. 하여 14행시는 이제 수연시의 중요한 형식이 되었다. 하지만 14행으로도 부족한 노래 10여 편은 장시의 형식을 취하고 있다.

또 그의 시세계는 지적인 심미가답게 테마와 형식을 종횡무진 옮겨왔
다. 19권에 이르는 그의 시집 속에는 연애시가 있는가 하면 종교시, 민요
시, 사회시, 정치시, 전원시, 자연시, 기행시 등도 있다. 때문에 어느 한
주제로 그의 시를 잡아낼 수 없다. 그만큼 다양한 자기 추구 속에서 시인
의 시력이 펼쳐졌기 때문이다. 마음을 비우고 순수하게 다가가지 않으면
19권에 이르는 시집의 시들을 만날 수 없다.

　공자가 『시경』을 두고 "시 3백편을 한 마디로 꿰뚫어 말하면 생각에 사
사로움이 없다"고 했듯이 '마음을 비우고' 수연시에 접근하여야만 그의
노래가 보인다. 그의 시가 이렇게 인간 본연의 순수한 마음을 지향하게
된 것은 인간은 끊임없이 극복되고 정화되어야 마땅한 존재라고 시인이
파악하고 있기 때문이다. 그가 사찰을 탐방하는 동기도 바로 이런 마음의
발로임을 간과해서는 아니 된다.

　　독좌하신 나반존자 은은한 미소 띠고
　　중생을 굽어보네. 「사심(邪心)을 여의어야,
　　사심(私心)을 여의어야, 처음도 끝도 없는

　　복락(福樂)의 길이, 불심(佛心)의 법열이
　　그대의 것이 되리」 하시는 나반존자
　　희고 긴 눈썹이 그 순간 미동하다.
　　　　　　　　　　　　－「운문사 사리암(雲門寺 邪離庵)」의 3·4 연

　이 시에서처럼 시(詩)나 심(心)은 모두 '삿된' 것을 여의어야 본래면목이
드러난다. '사사로움(私)'과 '삿됨(邪)'은 둘이 아닌 것이다. 모든 존재는
본래 연기(緣起)·공(空)으로 만들어진 것이지 어떠한 실체가 있는 것이

아니다. 때문에 내가 없어야 비로소 모든 것이 나의 것이 되는 것이다. 이 시에서 시인은 자신의 메시지를 독성(獨聖, 獨覺)인 나반존자의 입을 빌려 피력하고 있다. 이러한 시인의 사심 없는 의도는 시의 효과를 배가시키고 있다.

　　하지만 마음이 청정한 이는
　　순간 우화등선(羽化登仙)의 희열을 맛보리라.
　　땅을 안 밟고도 걸을 수 있으리라.
　　　－「용연사(龍淵寺)의 아름다운 다포식 일주문(多包式 一柱門)」의 마지막 연

　수연이 나아가고자 하는 천지인(天地人) 삼재(三才) 융화의 길은 풍류(風流)의 길이다. 마음이 청정한 이만이 땅을 안 밟고도 걸을 수 있고 깃을 달고 신선의 지위에 오를 수 있다. 이 몸뚱어리를 가지고서 신선(神仙)의 경지를 맛볼 수 있다면 더 이상 바랄 것이 없으리라. 시인은 결국 마음이 청정한 이, 다시 말해서 아직 세파에 물들지 않은 본래의 마음을 지닌 이, 혹은 진속(眞俗)과 염정(染淨)의 대립을 넘어선 이만이 능히 그럴 수 있으리라고 본다.
　초심(初心)은 순수한 마음 바탕과 깨달음을 얻겠다는 열정 위에서 일어나는 마음이다. 그런데 바라는 바 인간의 성숙은 늘 부단히 초심을 지켜야 오랜 세월 끝에 비로소 열리는 경지가 아닐까. 수연이 유달리 초심을 강조하는 것은 "처음 마음을 일으켰을 때가 바로 깨달음을 얻었을 때(初發心是便成正覺)"라는 『화엄경』의 언설처럼 시를 향한 구도자적 열정이 남달리 넘쳐있기 때문이다.
　그의　많은 시가 찬탄과 찬미로 주조를 이루고 있는 것은 대상에 대한 시인의 마음이 순수하게 열려 있기 때문이다. 이는 명경지수(明鏡止水)

같은 마음의 안정과 순수함이 없이는 사물의 본질을 제대로 꿰뚫어 볼 수 없다는 시인의 통찰에서 비롯된 것이다. 찬탄이란 진선미를 갖춘 대상에 매료된 시인이 보이는 최초이자 최후의 정서적 반응이다. 또 그런 능력은 갈고 닦을수록 늘 새롭게 샘솟게 마련이다. 수연(水然)은 "시인의 혓바닥은 찬미하기 위해서 있다. 다른 것은 일시적이나 찬미는 무궁무진하다"고 말한다.

"미는 도처에 있다. 다만 범속인은 그것에 맹목일 뿐. 미에 눈뜨고 그것을 수용하여 독창적으로 그것을 찬양하는 일이야말로 바로 예술가의 천부적 자질이자 사명인 것이다. 미에 의해 정화될 때 인간은 가장 바람직하고 질 높은 행복에 도달할 수 있다. 미에 눈뜨고 미를 겸허하게 누릴 수 있게 되면 사람은 누구나 더없이 진실하고 선량해진다"고도 말한다. 인생이 추구하는 절대치(絶對値)랄가 진선미에 대한 확신에서이겠지만 그는 인류가 미에 의해 구경적 구원을 얻게 되길 희망한다.

그는 평생동안 단 한 번도 시인 이외의 다른 길을 꿈꾸어 본 적이 없었다. 그에게 있어 시인이 되는 길은 곧 '미의 사제'가 되거나 '시의 보살'이 되는 길인 것이다. 보살이란 본래 상구보리(上求菩提 ; 自利)와 하화중생(下化衆生 ; 利他)을 실천하는 구도자다. 시인으로서는 가급적 좋은 시를 많이 그리고 지속적으로 평생 써내면 자리즉이타행(自利卽利他行)이 절로 될 터이므로, '시의 보살'이 되는 길을 그는 달리 어렵게 생각하지 않는다. 그는 타고난 시의 구도자다.

그런 의미에서 수연시는 '대긍정(大肯定)과 찬미(讚美)의 세계(世界)' (김규영), '구도와 찬미' (성찬경), '극기와 집중의 구도자적 시학' (최동호), '불교정신의 시적 형상화' (이남호), '달관적 관조정신과 순수시각' (조동민), '시적 장치와 정통 수사의 힘' (오탁번), '삼재(三才) 원융(圓融)의 시세계' (장영우), '고독의 세계에서 타오르는 초록의 불길' (김인호) 등으로 불린다.

4. 풍류(風流) 도인

천지인(天地人) 삼재(三才)의 균형과 조화를 이루어낸 우리의 사찰과 명산! 문명의 정화와 자연의 진수가 어우러져 만든 미의 극치를 노래해온 수연은 이제 『백사백경』의 세계를 넘어 '섬의 세계'에 도달해 있다. 섬은 고독의 상징이자 자유의 공간이다. '나는 자유로워지기 위해서 시를 쓴다'는 시인의 말처럼 하늘로의 비상(飛翔)을 꿈꾸는 수연이 만년의 시적 회향을 위해 '섬'과 '신선(神仙)'에 - 달리 말하자면 자연의 진수에- 몰입하는 것은 당연하다.

수연이 쓴 섬에 관한 시도 조만간 시집으로 묶여질 것이다. 뿐만 아니라 그는 앞으로 물계자로부터 백결·김유신·최치원·매월당·최제우·이갑룡·윤경렬 등에 이르는 『풍류도인열전』과 『풍류도란 무엇인가』를 펴내려고 한다. 미(美)와 시(詩)에 대한 식지 않는 열정과 구도 의지는 고희(古稀)의 나이를 무색하게 하고 있다.

모든 시인은 어린 아이와도 같다. 그의 감성은 아직도 섬세하면서도 순수무구(純粹無垢)하다. 놀라울 만큼 젊음의 유연성을 간직하고 있다. 미지의 세계에 대한 탐색! 수연에게 있어 '섬'과 '신선'은 미지의 세계이자 그가 도달하려는 유토피아다. 평생을 독신으로 살아온 그가 자연과 벗하며 신선이 되고자 하는 열망은 그래서 고귀하다. 결국 그가 나아가고자 하는 과녁은 '미(美)'를 찾아가는 사제(司祭)의 길이자 '시(詩)' 즉 언어의 사원(寺院)을 지어 법계(法界)에 회향하려는 보살(菩薩)의 길이다.

수연의 시집 『백사백경』은 중생의 몸과 마음의 본체인 법계(法界)의 발
견이자 그러한 깨달음을 회향(廻向)하고자 하는 '시의 보살'로서의 서원
의 결정(結晶)이다. 화엄(華嚴)의 만다라다.

百寺百景
백사백경

1999년 5월 19일 초판 인쇄
1999년 5월 22일 초판 발행

지은이/ 박희진
펴낸이/봉화영
펴낸곳/ 불광출판부
등록번호/ 제1-183호 1979. 10. 10

주소/ 138-190 서울 송파구 석촌동 160 - 1
대표전화/ 02)420-3200
편 집 부/ 02)420-3300
팩시밀리/ 02)420-3400

값 7,500원

잘못된 책은 교환해 드립니다.

ISBN 89-7479-807-7